NATALIE BUCHHOLZ
UNSER GLÜCK

ROMAN

Für J.

Rekordhitze.

Endlich. Coordt hatte sie lange ersehnt. Nach einem Eiswinter und Dauerregen das ganze Frühjahr über. Die Luft war feucht und flimmerte, wenn er in die Ferne sah.

Normalerweise hätte Coordt sich freigenommen, wäre an den Starnberger See gefahren, an seine Lieblingsstelle, die er niemandem verriet außer Franziska. Doch es gab nur diesen einen Termin für die Besichtigung der Wohnung, deren Beschreibung wie ein Sprachfertigteil für Luxusimmobilien geklungen hatte. Also fuhr er nicht an den See, sondern erst die Isar entlang, dann durch den Englischen Garten in Richtung Schweinchenbau. Unweit dahinter befand sich die Wohnung.

Einen Tag Urlaub hatte Coordt trotzdem eingereicht. Er wollte nicht hetzen müssen. Nicht bei dieser Hitze. Außerdem hielt es im Büro zurzeit sowieso niemand aus. Selbst für einfache Aufgaben wie Postfach aufräumen oder Ablage machen war es zu stickig. Eine Klimaanlage war im Gespräch. Seit einem Jahr. Es würde wieder nichts daraus werden, das hatte die Assistentin des Chefs schon ausgeplaudert. Deshalb gab die Geschäftsleitung einmal am Tag eine Runde Eis aus. Es lag in einem Karton, der von Büro zu Büro gereicht wurde. Capri oder Domino. Mehr Auswahl gab es nicht. Coordt war einer der wenigen, die sich nicht bei der Geschäftsleitung über die Arbeitsbedingungen beschwert hatten. Das wusste er vom Chef persönlich. Systemkonform – hatte der beim Mittagessen zu ihm gesagt, halb im Scherz, halb im Ernst. »Du bist eine wirklich gute Partie für einen Arbeitgeber.« Das Schulterklopfen, das daraufhin folgte, hatte Coordt wehgetan.

Ein paar Nackte auf der Liegewiese am Eisbach gaben sich die Blöße. Darunter auch der Mann, über den er schon als Student hatte lachen müssen, weil er mit durchgedrücktem Rücken am Ufer auf und ab stolzierte, damit auch alle auf ihn aufmerksam wurden.

Es roch nach Sonnencreme und Zigarettenrauch. Eine Prozession von Menschen schlängelte sich auf den Wegen. Hunde rannten übers Gras, manche so groß wie Kälber.

Coordt radelte langsam. Schweiß rann über seine Stirn und die Wirbelsäule hinunter. Der Fahrtwind war so warm wie das Gebläse eines Föhns.

Auf der Mitte der kleinen Brücke, die über den Schwabinger Bach und raus aus dem Grünen führte, blieb er einen Moment lang stehen, verfolgte eine Plastikflasche Sonnenschutzmittel in Familiengröße, die auf der Wasseroberfläche schwamm. Vater, Mutter, Kind strahlten ihn goldgebräunt vom Klebetikett an, bevor sie unter der Brücke verschwanden.

Coordt wischte sich über die Stirn, dachte an das schattige Plätzchen am Starnberger See. Vielleicht könnte er später doch noch hinfahren, zusammen mit Franziska und Frieder, falls es ihm gelänge, seine Frau davon zu überzeugen, die Wohnung zu verlassen.

Das Vibrieren des Smartphones holte ihn aus seinen Gedanken. Er hatte noch eine halbe Stunde bis zum Termin.

Da konnte er den Rest des Wegs auch zu Fuß gehen und darauf hoffen, dass die Schweißflecke auf dem Hemd trockneten, ohne Ränder zu hinterlassen.

Es tat ihm gut, extra langsam zu sein und sich in der Hitze mit angemessener Geschwindigkeit zu bewegen. Ohne Kind. Endlich einmal durchschnaufen und nicht noch eine Aufgabe erledigen, bevor die nächste anstand.

Zeit für ihn selbst gab es kaum mehr. Im Büro war er gefordert, zu Hause sowieso. Franziska erwartete, dass er nach der Besichtigung sofort heimkäme und sich um Frieder kümmerte. »Ich brauche auch einmal Urlaub vom Alltag«, hatte sie gesagt und damit Frieder gemeint. Frieder, der Schreihals. Frieder, das Wutkind. Frieder, ihr Herzenswunsch.

An der Ampel hielt er die Luft an. Die Abgase der Autos stanken bei Hitze noch mehr als sonst. Da hatte Franziska schon recht. Er atmete erst wieder aus, als er in die nächste Seitenstraße einbog. Hier war es ruhiger. Die Läden, Bars und Cafés begannen weiter nördlich.

Coordt mochte es ruhig. Er brauchte das Quirlige der Stadt hauptsächlich als Idee, jederzeit darin eintauchen zu können, wenn ihm danach war. Was nur noch selten vorkam. Vor allem, seit Frieder auf der Welt war. Gab ein Kollege oder eine Kollegin ein Fest und lud ihn dazu ein, sagte er ab. In erster Linie wegen Franziska. Sie mochte es nicht, wenn er sie mit Frieder allein ließ. Tagsüber war es noch in Ordnung. Es ging ja auch nicht anders, schließlich verdiente er das Geld. Aber abends forderte sie seine Unterstützung ein, obwohl der Kleine jedes Mal lauter wurde, sobald Coordt vor seinem Bettchen stand und ihn trösten wollte. Frieder akzeptierte nur seine Mutter.

Coordt wusste, dass er die Zurückweisung seines Sohnes nicht persönlich nehmen durfte. Er war zu klein, kein Jahr alt, und dennoch verstand sie Coordt nicht. Von Anfang an hatte er sich um ihn gekümmert. Doch Frieder hatte immer erst dann aufgehört zu schreien, wenn Franziska ihn an sich nahm. Oft hatte er sich dumme Sprüche deswegen anhören müssen – kein Wunder, klassische Rollenverteilung, du arbeitest, ich zu Hause, was erwartest du? Aber das stimmte so nicht. Den ersten Monat nach der Geburt war er daheimgeblieben, hatte Franziska umsorgt, die nicht weniger selten weinte als Frieder, und natürlich seinen Sohn, der trotzdem nichts von ihm wissen wollte und seinem Vater mit den wenigen Mitteln, die ihm zur Verfügung standen, zeigte, dass er nicht erwünscht war: Mund auf, weinen; später dann drückte sich Frieder regelrecht von ihm weg, sobald er ihn auf den Arm nahm.

Coordt war sich hilflos vorgekommen. Auch heute fühlte er sich noch oft den Stimmungen seiner Familie ausgesetzt, auch wenn vieles besser geworden war. Franziska hatte ihre Schwangerschaftsdepression überwunden, Frieder benötigte zwar immer noch viel Aufmerksamkeit und ließ ihnen kaum Pausen zum Entspannen, aber wenigstens hatten sie inzwischen Routine und Erfahrung damit.

Coordt war sich sicher, der Wunsch nach Ruhe war mit seiner Familie gekommen. Wenn er für die Arbeit nicht so viel verreisen müsste, würde er am liebsten aufs Land ziehen. Weit raus. Doch das hatte Franziska nicht gewollt. »Ich würde eingehen«, hatte sie gesagt, als er ihr von seinen Gedanken erzählte. »Ich brauche die Stadt. Im Gegensatz zu dir erlebe ich nichts anderes mehr als Frieders Welt.«

Coordt durchschritt die Gegend hinter dem Schweinchenbau, die an den Leopoldpark grenzte. Er kannte das Viertel nicht gut, obwohl er schon lange in München lebte. Es hatte nie einen Grund gegeben, sich hier aufzuhalten. Er kannte auch niemanden, der hier wohnte. Terra incognita – absurderweise nur einen Steinwurf von der Leopoldstraße entfernt, wo er andauernd gewesen war, als er noch zur Uni ging und sich in Bars und Kneipen durchaus wohlgefühlt hatte.

Coordt blieb stehen, sah die Straße entlang: teure Autos, prächtige Wohnungen, einige mit Inschriften über den Hauseingängen, datiert auf das Ende des 19. Jahrhunderts. Alteingesessene Firmen hatten ihren Sitz hier. Die Namen graviert auf Messingschildern. Die Menschen, die ihm auf dem Gehweg entgegenkamen, sahen gepflegt aus. Gepflegter als er, trotz des frisch gebügelten Hemdes. Das war in Untergiesing anders.

Seit geraumer Zeit war er nicht mehr aus seinem Viertel hinausgekommen. Umso mehr verwunderte ihn die Anzeige, die er in der Zeitung entdeckt hatte, klein und unscheinbar – er setzte schon länger nicht mehr nur auf digitale Angebote: Altbauwohnung, dritter Stock ohne Aufzug. Parkett. Hohe Wände. Balkon. Komplett saniert. Inklusive Einbauküche. Hundertzwanzig Quadratmeter. Luxus, nicht nur, was den Platz betraf.

Die Miete war eigentlich zu hoch für Coordt, er würde um eine Gehaltserhöhung bitten müssen, sollte er den Zuschlag erhalten. Er hatte gute Chancen auf etwas mehr Geld, gerade jetzt, da er Vater geworden war. Sein Chef hatte ein Herz, wenn es um den Nachwuchs ging.

Andererseits war die Miete überraschend niedrig für

eine Wohnung in dieser Lage. Den Englischen Garten vor der Haustür. Mitten in Schwabing und dennoch ruhig. Es konnte natürlich sein, dass es ein Fake-Inserat war, das gab es immer wieder. Perfekte Wohnungen zu günstigen Preisen, angeboten von Betrügern, deren Strategie Coordt nicht begriff. Trotzdem musste er der Anzeige nachgehen. Zu lange schon suchte er nach einer neuen Bleibe. Franziska behauptete, sie sei kurz vorm Durchdrehen in der kleinen Wohnung, in der sie jetzt lebten. *Klaustrophobisch* war eines ihrer Lieblingswörter, wenn die Suche mal wieder nicht erfolgreich gewesen war.

Coordt setzte sich wieder in Bewegung. Es war nicht mehr weit. Als er um die Ecke bog, blieb er abrupt stehen. Die Schlange reichte bis zur nächsten Straßenkreuzung. Er hatte mit vielen Interessenten gerechnet. Aber nicht mit so vielen. Nicht bei einer Zeitungsannonce. Und nicht bei dreiunddreißig Grad Celsius. An einem normalen Arbeitstag. Die Sonne würde ihm die Glatze verbrennen, die er sich rasiert hatte, seit sie sich abzuzeichnen begann.

Coordt schloss sein Fahrrad an der Stange eines Straßenschilds an. Hinter ihm vernahm er Wortfetzen wie »Stuck« und »selten so ein Angebot« und »ultrahohe Räume«. Es waren überwiegend Erwartungen an die Wohnung, aber auch »Sonnenstich« und »keine Chance« hörte er.

Die Schlange war in Bewegung. Ein langsamer, aber stetiger Zug. Coordt stellte sich an, bedeckte mit der Hand seinen Schädel.

Im Schritttempo näherte er sich dem Eingangsbereich – einer hohen, zweiflügligen Holztür. Die Messingplatte mit den Klingelknöpfen glänzte.

Coordt beobachtete die Leute, die das Gebäude verließen. Sie wirkten nachdenklich, kniffen die Augen zusammen, setzten die Sonnenbrillen auf. Das verhieß nichts Gutes. Vermutlich hatte die Wohnung nichts mit ihrer Beschreibung gemein. Das war schon öfter vorgekommen. Andererseits wirkte das Gebäude vielversprechend und genau so, wie er es sich vorgestellt hatte.

Im Eingangsbereich parkten ein Kinderwagen und zwei Fahrräder. Briefkästen hingen an der Wand, die ebenfalls glänzten, als wären sie noch nie berührt worden.

Coordt atmete durch. Der Schatten war erholsam. Die steinernen Wände angenehm kühl. Er legte eine Hand an die Wand, blickte in den Innenhof, in dem weitere Fahrräder standen und ein junger Ahorn. Eine Amsel zwitscherte. Nirgends waren Tauben zu sehen. Oder Spieße zur Abwehr der Vögel an den Geländern der Balkone, die zum Innenhof führten. Seit seiner ersten Wohnung in München wusste er auch darauf zu achten.

Das Treppenhaus war großzügig geschnitten. Helle Holzstufen führten nach oben, von unzähligen Schritten glatt poliert. In jedem Stockwerk ließen hohe, schmale Fenster Licht herein.

Coordt besah sich die Konkurrenz. Es gab fast nur Pärchen. Die meisten lehnten am Geländer. Nur manche saßen auf den Stufen. Aber alle mieden die Lichtschneisen, durch die die Sonne brannte und in denen es Cordt gleich ein paar Grad wärmer vorkam als in den dunkleren Abschnitten zwischen ihnen.

Die Luft im Treppenhaus stand. Vom ersten bis zum dritten Stock wurde mit gedämpfter Stimme geredet. Es herrschte eine Atmosphäre wie in der Kirche.

Die Besichtigungen dauerten nicht lange. Kaum hörte Coordt, wie die Wohnungstür im dritten Stock geöffnet und die nächsten Interessenten begrüßt wurden, kamen sie auch schon wieder heraus, und er konnte zwei Stufen vorrücken.

Bald hatte er freien Blick auf die Etage. Eine Kugellampe hing von der Decke. Die Wohnungstür war weiß lackiert, nirgends eine Macke. Davor eine Fußmatte aus Sisal, eingefasst von Jugendstilformen aus dunklem Gummi.

Diesmal sah Coordt auch die Vermieterin. Als solche jedenfalls stellte sie sich dem Paar vor, das gerade die Wohnung betrat und sofort seine Begeisterung kundtat. »Was für ein Entrée! Gefällt uns auf Anhieb!«

Die Vermieterin musste um die fünfzig sein. Ihr Haar war blond. Sie trug es kurz. Passend zum Rock, der knapp oberhalb der Knie endete. Alles an ihr sah elegant aus. Und teuer. Die Art, wie sie sich bewegte und sich mit ihren beringten Fingern die Brille nach oben schob, bevor sie die Tür hinter den Interessenten schloss. Es war nicht überraschend für jemanden, der eine so luxuriöse Wohnung vermieten wollte. Trotzdem fiel Coordt auf, wie wohlhabend sie wirkte. Er fragte sich, wieso die Frau sich das antat. Warum dort keine Maklerin stand und alle auf einmal hereinließ? So wie sonst.

Mit tellerrunden Schweißflecken unter den Achseln betrat Coordt den großzügigen Vorraum. Die Vermieterin begrüßte ihn mit einem knappen Nicken. Es roch frisch in der Wohnung. Nach Farbe und Putzmitteln.

»Das Objekt ist bis in den kleinsten Winkel lichtdurchflutet. Hundertzwanzig Quadratmeter, vier große Zimmer, ein Bad, Keller, Ostbalkon. Gut erhaltenes Fischgrät-Eichenparkett, Stuckverzierungen in jedem Raum, Marmorboden im Bad und in der Küche, Kassettentüren mit Originalbeschlägen.«

Die Vermieterin redete schnell, ohne Coordt in die Augen zu sehen. Sie klang, als läse sie die Wohnungsbeschreibung von einem Zettel ab. Ihre Absätze klackerten auf dem Parkett, während sie vorausging und mal zur original Wagenfeld-Leuchte an der Decke, mal zu den Lichtschaltern aus Porzellan wies. Coordt kam mit dem Schauen kaum hinterher. Er hatte den Eindruck, als wollte sie ihn gleich wieder loswerden, als hätte sie bereits entschieden, dass er kein geeigneter Kandidat für die Wohnung sei. Sie führte ihn auch nicht in die Zimmer hinein, blieb jeweils an der Türschwelle stehen. Irgendwann meinte Coordt, er habe es nicht eilig und würde sich alles gerne noch einmal in Ruhe ansehen. Die Vermieterin nickte, sagte, das gefalle ihr, er sei der Erste, der sich nicht von ihr hetzen lasse.

Sie sah ihm in die Augen, und Coordt durchschritt die Wohnung von vorne.

Zunächst besah er sich das Bad. Dusche, Wanne, Qualitätsarmaturen, großer, in die Wand eingelassener Spiegel mit Mosaikrahmen. Um die Toilettenspülung zu bedienen, musste er an einer Kordel ziehen. Ein weißer Keramikgriff war daran befestigt, von blauen Blumen berankt. Franziska würde es gefallen. »Endlich ein richtiges Bad«, hörte er sie sagen und warf einen Blick in den großen Wandspiegel, vor dem er sich schon mit ihr stehen sah, Zähne putzend.

Er bestaunte auch die Küche, die Arbeitsplatte aus schwarzem Granit, die Geräte, allesamt von renommierten Marken, sehr gepflegt und »high-end«, wie die Vermieterin kommentierte. Er öffnete den Dampfgarer, roch den Rinderschmorbraten, den er zubereiten würde, so wie Franziska es mochte, mit viel Rosmarin.

Das Wohnzimmer war großzügig geschnitten, die Wände makellos weiß. Sie könnten gleich einziehen. Der Boden glänzte wie frisch gebohnert. Vor einem offenen Kamin hing Kaminbesteck an einem Ständer aus Glas und Stahl. Er sah aus wie ein Kunstobjekt, nicht zur Benutzung geeignet.

Bis dahin war die Vermieterin Coordt gefolgt, hatte aufmerksam, aber überwiegend stumm seine Besichtigung beobachtet. Nun übernahm sie wieder die Führung, diesmal allerdings weniger gehetzt. Sie krümmte den Zeigefinger zum Zeichen, ihr nachzugehen. Dabei lächelte sie und wirkte sofort weniger offiziös. Als sie das Wohnzimmer verließ, ging Coordt durch den breiten Flur hinter ihr her.

Jetzt, da er sie von hinten betrachtete, fiel ihm erstmals

ihr langer, schmaler Hals auf. Ihr Kopf schien darauf zu schweben, als hätte sie ihn mit Ringen gestreckt, so wie die Giraffenfrauen aus Myanmar, die ihn faszinierten, weshalb er sich immer wieder mal Fotos von ihnen in einem Bildband ansah.

Am Ende des Flurs gab es eine Tür. Es war die einzige Tür, die verschlossen war. Der Boden dahinter knarzte, als die Vermieterin stehen blieb, und mit ihr auch Coordt.

»Eine Sache sollten Sie wissen. Normalerweise sage ich das gleich zu Beginn, aber Sie wollten sich ja Zeit lassen.«

Coordt sah sie fragend an.

»Also«, sie deutete auf die Tür, hinter der nun Vorhänge auf- und zugezogen wurden und jemand hustete, »dieses Zimmer hier bleibt untervermietet.«

Aus irgendeinem Grund zeigte nun auch Coordt auf die Tür mit den Geräuschen dahinter.

»Ja.« Die Vermieterin nickte. Ihr langer Hals warf feine Falten.

»Wer?«, sagte Coordt erstaunt.

»Mein Ex-Mann. Er will nicht ausziehen, obwohl er das müsste, da die Wohnung allein mir gehört. Ich habe jedoch keine Lust, ihm mit einer Räumungsklage zu drohen. Ich möchte die Wohnung lediglich vermieten. Wenn ich jemanden finde, der sie mit ihm nimmt, darf er bleiben. Ansonsten muss ich wohl meine Anwältin einschalten, worauf ich, wie gesagt, keine Lust habe.«

Coordt rief sich die Gesichter der Leute ins Gedächtnis, die aus dem Gebäude getreten waren. Gekräuselte Stirn, Enttäuschung eingeschrieben. Hatten sie deswegen so geschaut? Weil die Wohnung perfekt war, aber diesen einen Haken hatte, den keiner in Kauf nehmen wollte?

»Haben Sie das allen Interessenten gesagt?«, fragte Coordt. »Oder nur mir?«

»Selbstverständlich habe ich das allen gesagt. Man sollte schon wissen dürfen, worauf man sich einlässt, finden Sie nicht?« Die Vermieterin sah ihm durch grünlich getönte Brillengläser in die Augen, lächelte sanft.

Coordt hatte schon einiges bei Wohnungsbesichtigungen erlebt, was ihn irritiert hatte. Makler, die zu der veranschlagten Provision noch eine extra Provision bar auf die Hand haben wollten, damit man den Zuschlag bekam. Das war sogar öfter der Fall gewesen. Und einmal hatte ein Vermieter in den Vertrag aufnehmen wollen, gelegentlich vorbeikommen zu dürfen, um nach dem Rechten zu sehen. Aber das hier war schon sehr speziell.

»Mein Ex-Mann wird Sie nicht stören«, fuhr die Vermieterin fort. »Er war noch nie gesellig, jedenfalls nicht in der Zeit, als wir verheiratet waren. Abgesehen davon behauptet er, todkrank zu sein. Allerdings glaube ich … also, es könnte durchaus sein, dass er übertreibt, um mich milde zu stimmen, damit ich ihn nicht doch noch vor die Tür setze. Er hat schon immer alle Register gezogen, wenn es darum ging, etwas zu erreichen.«

Kaum hatte sie das gesagt, ging die Tür auf. Heraus trat ein Mann um die siebzig. Groß, schlank, gut gekleidet. Anzughose, Hemd. Er hielt ein dickes Buch ohne Schutzumschlag in der Hand, sodass nicht zu erkennen war, was er las.

Der Mann sah über den Rand der Lesebrille erst auf seine Ex-Frau, dann auf Coordt und schließlich ins Buch. »Ziehen Sie hier ein, mache ich Ihnen das Leben zur Hölle. Sie werden ihr Feuer zu spüren kriegen«, gab er unvermittelt von sich. Die Art, wie er es sagte, klang nach einem Scherz, und dennoch schwang etwas Bedrohliches mit.

Coordt fragte sich, ob der Mann gerade eine Stelle aus dem Buch vorgelesen hatte oder ob er ihm ernsthaft drohte, was allerdings, wenn er der Erzählung der Vermieterin Glauben schenkte, keinen Sinn ergab. Dann hätte der Mann keinen Grund, ihm die Wohnung madig zu machen. Im Gegenteil. Er müsste sich ein Bild von ihm machen, und wenn es für ihn passte, müsste er versuchen, Coordt für sich zu gewinnen. Offensichtlich war er der erste Interessent, der die Wohnung nicht gleich wieder verlassen hatte, sondern sich die Bedingung anhörte.

Coordt betrachtete den Mann. Gütige Augen, kein Stechen im Blick. Er wirkte wie einer, der Pfeife stopfte, viel Rotwein trank und den ganzen Tag über Gedichte las. Er erinnerte Coordt ein wenig an seinen Großvater. Genauer gesagt: an ein Foto seines Großvaters. Es hing bei seinen Eltern im Wohnzimmer. Über dem Sessel, in dem er immer gesessen hatte. An guten Tagen hatte der Großvater in dem Sessel dem Großvater auf dem Foto geglichen. An schlechten hatte Coordt der Vergleich von Anblick und Abbild geschmerzt, weil nichts mehr übrig war von dem humorvollen Mann, dessen Mundwinkel stets nach oben gezeigt hatten. Nur noch ein dementes, wächsernes Gesicht, das nach unten auszufließen schien. Trotzdem hatten sie ihren Sohn nach ihm benannt. Franziska war sofort einverstanden gewesen.

»Hören Sie nicht auf ihn!«, bat die Frau. »Sie werden ihn kaum zu Gesicht kriegen. Er hat ein eigenes Bad. Auch eine Küchenzeile. Er liebt die Nacht mehr als den Tag. Da schläft er meistens. Und wie gesagt: Er ist nicht sehr gesellig. Er meidet Menschen.«

Coordt sah die Vermieterin an. »Ehrlich gesagt spricht die Situation dagegen. Ihr Ex-Mann steht vor uns, es ist Vormittag, und ich bin mir nicht sicher, ob er mir gerade gedroht oder lediglich eine Stelle aus seinem Buch zitiert hat, was, offen gesagt, auch nicht viel besser wäre.« Es störte ihn, dass er jetzt genauso wie sie über den Mann redete, als stünde er nicht vor ihnen.

Der Mann lachte laut los. Das Lachen ging in ein Husten über. Als er sich einigermaßen gefangen hatte, sagte er: »Ich mag ihn, Hilde.« Dann drehte er sich um und verschwand im Zimmer.

Wenigstens sind wir quitt, dachte Coordt. Jetzt hatte der Mann über ihn geredet, als sei er nicht anwesend.

Die Vermieterin wartete ab, bis die Tür zu war. Schließlich wandte sie sich ihm zu: »Er mag Sie. Haben Sie gehört?«

Coordt hob die Schultern.

»Das ist doch ein guter Anfang, finden Sie nicht?«, fragte sie weiter.

Sie war viel jünger als ihr Ex-Mann. Coordt stellte sich vor, wie sie sich kennengelernt hatten. Am See. Er, ein Professor, der Spaziergänge liebte und Vögel. Sie, eine begeisterte Triathletin, die längere Strecken im See trainierte. Coordt waren ihre muskulösen Oberarme nicht entgangen, auch nicht das Schwimmerinnenkreuz unter der luftigen Bluse. Der Professor war wegen ihres perfekten Armzugs auf sie aufmerksam geworden, den er selbst nicht hinbekam. Irgendwann hatte er am Ufer auf sie gewartet. Er sprach sie an, während sie sich aus dem Neoprenanzug schälte, lud sie auf ein Getränk im Seecafé ein. Schwach schien die Sonne durch die schmutzige Panoramascheibe.

Es war Spätherbst, und außer ihr gab es schon länger keinen mehr, der ins Wasser ging. Nur noch vereinzelt hing trockenes Laub an den Bäumen, deren Äste wie gigantische Krähenfüße aussahen. Sie legte die Hand auf sein Knie. Jahrelang behauptete er, er hätte seine auf ihres gelegt. Weil ihr kalt gewesen sei.

»Wir haben einen Sohn. Er ist zehn Monate alt«, sagte Coordt. Es hörte sich an, als müsste er etwas klarstellen.

»Das ist perfekt«, sagte die Vermieterin. »Mein Ex-Mann mag keine Kinder. Dann wird er sein Zimmer erst recht nicht verlassen.« Coordt gefiel der milde Ton, den sie anschlug, obwohl das, was sie über ihren Ex-Mann sagte, nicht nett war.

Sie ging ein paar Schritte in Richtung Wohnzimmer. Wieder krümmte sie den Zeigefinger und gab Coordt das Zeichen, ihr zu folgen. Im Wohnzimmer blieb sie stehen und wartete, bis er ihr gegenüberstand.

»Ich möchte, dass Sie die Wohnung nehmen«, sagte sie.

»Warum ich?«

»Sie sind mir sympathisch. Und er mag sie.« Ihr langer Hals neigte sich beim letzten Satz in Richtung Flur.

»Ganz verstehe ich das nicht«, antwortete Coordt. »Sie finden es gut, wenn Ihr Ex-Mann das Zimmer nicht verlässt, aber es ist von Bedeutung, dass er mich mag?«

»Das ist leicht zu erklären«, sagte sie. »Wenn der Eremit in seinem Zimmer bleibt und Sie auch noch leiden kann, wird er Sie nicht stören. Also ist die Wahrscheinlichkeit höher, dass Sie nicht gleich wieder ausziehen. Und ich muss keine neuen Mieter suchen.« Da war es wieder, dieses Lächeln.

»Kein Höllenfeuer?«

»Piff, paff. Das hat er nicht ernst gemeint.«
»Sagen Sie!«
»Ich kenne ihn.«

Coordt sah aus dem Wohnzimmerfenster. Die Luft flirrte hinter dem Glas. Er konnte die Hitze sehen. Sie bewegte die Blätter der Bäume, warf feine Schlieren in das dunstige Blau des Himmels.

Ein Luftballon flog durch sein Sichtfeld. Gelb, zwei schwarze Augen, Nase, breit grinsender Mund. Der Ballon verfing sich in einem der Bäume, suchte sich zitternd einen Weg nach oben.

»Zu Beginn«, sagte Coordt, »hatte ich nicht den Eindruck, dass Sie die Wohnung ernsthaft vermieten wollen.«

»Wie kommen Sie denn da drauf?«

»Sie waren so schnell mit allem.«

Die Vermieterin seufzte. »Haben Sie eine Vorstellung davon, wie viele Interessenten bereits hier waren und mir im Eingangsbereich sagten, sie würden die Miete freiwillig erhöhen, nur damit sie die Wohnung bekämen? Und kaum erwähne ich meinen Ex-Mann, der dann prompt aus der Tür kommt und diesen lächerlichen Satz von sich gibt, ist nichts mehr übrig von der Begeisterung. Jedenfalls bislang nicht. Ich habe allerdings keinen Zweifel daran, dass da draußen«, sie streckte den Arm zum Vorraum aus, »jemand ist, dem mein Ex-Mann egal ist, Hauptsache Wohnung, da gibt es ja die krudesten Beweggründe. Aber ich habe schlichtweg keine Lust, den ganzen Tag Leute durch die Wohnung zu führen. Es langweilt mich.«

Der Luftballon platzte. Kein Laut war zu hören. Die Fenster mussten gut gedämmt sein, obwohl sie nach Denkmalschutz aussahen. Doppelverglasung, mindestens.

Schlaff hing die Gummihaut über einem kleinen Ast. Die Schnur baumelte herab. An ihrem Ende flatterte ein kleiner zusammengefalteter Zettel.

»Sie hätten es sich einfacher machen können«, sagte Coordt. »Ein Hinweis in der Anzeige zum Beispiel. Es wären bestimmt nicht so viele gekommen. Ich wäre wohl auch nicht hier.«

»Ja, ja«, wiegelte sie ab. »Aber jetzt sind Sie da.«

Aus dem Augenwinkel nahm Coordt eine Bewegung wahr. Er sah auf den flatternden Zettel am Ende der Schnur. Eine Elster pickte danach, dann flog sie los, lautlos und ohne Beute.

»Ich brauche Bedenkzeit«, sagte er nach einer Weile. »Ich möchte das nicht alleine entscheiden, sondern gemeinsam mit meiner Frau.«

Die Vermieterin nickte, drehte dabei ihren Oberkörper in Richtung Haustür. »Rufen Sie mich an. Bald!«

Franziska willigte ein, nachdem Coordt ihr erst von allen Räumen vorgeschwärmt und dann noch einmal die Höhe der Miete betont hatte. Sie zahlten zweihundert Euro mehr als jetzt für mehr als dreimal so viele Quadratmeter in bester Lage. Zwar waren die Betriebskosten fast so hoch wie die Miete selbst, aber Coordt hatte bereits ein Gespräch mit seinem Chef vereinbart. Und den Mitbewohner, den Coordt seiner Frau als schwer einschätzbar, aber nicht unsympathisch beschrieb, weil er fand, dass das am besten auf ihn zutraf und weil er ihr nichts von seinem ersten Eindruck verheimlichen wollte, nahm Franziska gelassen auf.

»Den können wir immer noch vergraulen, wenn er uns auf die Nerven geht«, sagte sie und war ganz aufgeregt bei der Vorstellung, in eine Wohnung zu ziehen, die sie sich unter normalen Umständen niemals leisten könnten. Eine Wohnung, in der Frieder ein Kinderzimmer hätte, »sein eigenes Reich!«, in der es eine Küche gäbe, nicht nur eine einfache Kochzeile, in der sie endlich einmal Platz hätten für sich und für ein paar großformatige Gemälde noch unbekannter Künstlerinnen, die irgendwann im Wert steigen würden, eine Wohnung, in der sie keine Lastwagen hörten, vielleicht ein paar Autos, aber kein Vergleich zu dem, was auf dem Mittleren Ring los war.

Coordt wunderte sich über seine Frau. Er hatte nicht damit gerechnet, dass sie die Bedingung der Vermieterin derart gelassen aufnehmen würde. Er war davon ausgegangen, sie würde Bedenken haben, ängstlich reagieren und schlechte Laune kriegen, wie so oft in letzter Zeit, wenn etwas nicht rundlief. Doch so war es diesmal nicht. Franziska gab sich euphorisch, drückte ihm viele kleine Küsse aufs Gesicht. Ihre Vorfreude war groß. »Eine solche Wohnung in dieser Gegend zu dem Preis dürfen wir auf keinen Fall sausen lassen, nur weil da drin einer lebt, der wie wir kein Interesse an einer Wohngemeinschaft hat«, sagte sie bestimmt. »Wahrscheinlich werden wir ihn überhaupt nicht mitkriegen. Oder aber wir werden einmal froh um ihn sein, weil jemand zu Hause ist, der für uns Pakete entgegennimmt. Oder vielleicht, man weiß ja nie, wie es sich entwickelt, wird er sogar einmal auf Frieder aufpassen, während wir essen gehen oder ins Kino. Wir waren schon so lange nicht mehr im Kino. Und falls nicht, vergiss nicht, wir sind in der Überzahl. Wir sollten es zumindest versuchen!«

Coordt gefiel ihre Begeisterung. Ihre Energie. Und es stimmte. So eine Wohnung war ein Glücksfall. Ein solches Angebot würden sie wohl nie wieder kriegen.

Am heißesten Tag des Jahres zogen sie um. An die vierzig Grad waren vorausgesagt worden. Schon in den frühen Morgenstunden stand die Luft in Flammen.

Franziska fluchte leise, kaum dass sie wach geworden war. Sie zog sich das dünne Schlafshirt über den Kopf, deutete Coordt an, sie könne es auswringen, nass geschwitzt, wie sie sei. Dabei verzog sie das Gesicht, als ekelte sie sich vor sich selbst. Sie hatte schon immer einen Hang zum Dramatischen gehabt. Allerdings hatte Coordt früher darüber gelacht, inzwischen strengten ihn die schnellen Wechsel ihrer Launen an, auch wenn er versuchte, es sich nicht anmerken zu lassen.

»Dir auch einen guten Morgen«, sagte er und gab ihr einen Kuss. »Ich habe schon mal angefangen.« Er zeigte auf den Stapel Umzugskisten, den er im Flur zusammengeschoben hatte, bereit zum Abtransport.

Franziska antwortete nicht. Coordt wusste sofort, es war wieder einer dieser Tage, an denen er nicht an sie herankommen würde. Der Umzug überforderte sie. Und meistens, wenn Franziska etwas überforderte, wurde sie ungerecht und zeigte eine Seite von sich, die er fürchtete, weil er Franziska dann nicht mochte und sich gleichzeitig schlecht fühlte, dass er sie nicht mochte. Er liebte sie.

Begonnen hatte Franziskas Missstimmung bereits beim Kistenpacken. Seither war sie dünnhäutig und gereizt. Sie hatte keine Geduld mit Frieder. Keine mit Coordt. »Das wird mir alles zu viel«, hatte sie wie nebenbei bemerkt, nachdem sie tags zuvor über eine der Umzugskisten mit Spielzeugen gestolpert war. Eine Lappalie, aber nicht für sie in diesem Moment.

Coordt kannte solche Phasen bei ihr. Sie waren schwer zu ertragen, für ihn, aber auch für sie.

Jedes Mal, wenn sie garstig zu ihm war, tat es ihr hinterher leid. Dann war sie besonders nett, holte Sushi oder zog ein Unikat aus dem Kunstautomat in den Stachus-Passagen, weil sie wusste, welche Freude er an diesen Mitbringseln hatte. *Diese Kunst kann verwirren, erhellen, aufregen und süchtig machen!* stand auf den Packungen, groß wie Zigarettenschachteln. Coordt hatte bereits eine kleine Sammlung im Regal stehen. Er mochte sie. Wenn auch nicht den Anlass dafür.

Franziskas dunkle Phasen waren häufiger vorgekommen, als sie schwanger war. Zuvor hatte es sie auch gegeben, aber selten. Da wäre er nicht auf die Idee gekommen, ihnen Beachtung zu schenken. Er hatte sie für ein normales Auf und Ab gehalten und keine Erklärung dafür gesucht. Doch das hatte sich inzwischen geändert.

Es gab Momente, da wünschte sich Coordt die Franziska zurück, die sie gewesen war. Die, die Slacklines zwischen Bäumen aufspannte, weil sie fand, ein bisschen Gleichgewichtstraining könne nicht schaden in Zeiten, in denen der Boden unter den Füßen instabil sei. Die, die von allen Shampoo-, Duschgel-, Putz- und Spülmittelflaschen die Etiketten abzog, weil das Design der Flaschen nur so zur Geltung komme. Die, die gelegentlich ihr Auge an seine Schulter drückte, um zu überprüfen, ob sich Coordts Schultergelenk in ihre Augenhöhle einschmiege, da sie meinte, das sei der Beweis, füreinander bestimmt zu sein. Die, die ihn immer wieder dazu überredet hatte, mit ihm ins Schumann's zu gehen, nur um dort ein Bier zu bestellen, das es garantiert nicht auf der Karte gab. Die, die mitten in der Nacht an ihn heranrückte und darum bat, er möge seine »heilende Hand« auf ihre Stirn legen, da sie die Fähigkeit besitze, schlechte Träume von ihr fernzuhalten.

In letzter Zeit machte ihm am meisten ihre Körperhaltung zu schaffen. Schlaff war sie, die Schultern nach vorne gebeugt, der Kopf leicht gesenkt. An einem lauen Abend, an dem Frieder schneller eingeschlafen war als sonst und auch nicht gleich wieder aufgewacht war, hatte er sie darauf angesprochen und auch darauf, dass sie kaum noch aus dem Haus ging, nur mal zum Einkaufen oder um die Post zu holen. An jenem Abend zeigte Franziska sich gesprächig, was nicht selbstverständlich war. Sie sagte, es liege an der hohen UV-Belastung zurzeit. An den ungesunden Werten, Feinstaub, Pollen, alles zusammen. Für einen Augenblick war sich Coordt nicht sicher, ob sie nicht nur irgendwelche Gründe erfand, mit denen sie ihr Daheimbleiben rechtfertigte. Andererseits hatte er das gleiche Argument von der Nachbarin aus dem zweiten Stock gehört, die ebenfalls ein Kind hatte, wenn auch schon etwas älter.

Coordt sagte, er wolle ihr helfen, sich wieder aufzurichten. Dabei zog er die Schultern nach hinten, um zu verbildlichen, was er meinte. Er sagte, er wolle intensiver für sie da sein, er könne sich öfter freinehmen, sich mehr um Frieder kümmern, auch wenn Frieder lieber bei ihr sei, aber das würde sich bestimmt ändern, sobald er mehr Zeit mit ihm verbringe. Sie hörte ihm zu, bis er ausgeredet hatte. Dann machte sie eine beschwichtigende Handbewegung, als versuchte sie, Coordts Sorgen vom Tisch zu wischen. Dazu lächelte sie gequält. Aber sie lächelte.

Coordt legte die Hand auf die Tischplatte und hoffte, sie würde sie nehmen. Es dauerte, doch schließlich tat sie es. Ihre Fingerspitzen berührten sich, und Coordt spürte, wie sich jene knisternde Energie an den Kuppen freisetzte, die ihn bei ihrer ersten Begegnung überwältigt hatte.

»Weißt du«, flüsterte sie, ohne ihn anzusehen, »ich glaube, mir fehlt Struktur. Und Sinn.«

Coordt drückte ihre Hand. »Aber hast du das denn nicht?«, fragte er.

»Nein.« Sie schüttelte den Kopf.

»Gibt dir Frieder keine Struktur? Oder Sinn?«

Wieder schüttelte sie den Kopf. »Es ist anders.«

»Wie denn?«

Sie überlegte. »Ich bestehe nur noch aus Kind. Ist er wach, muss ich wach sein, schläft er, bin ich zu müde, um nicht zu schlafen. Frieder gibt den Takt vor. Nicht ich. Ich werde ferngesteuert.«

»Wie kann ich helfen?«

»Ich esse seinen Brei.«

»Was?«

»Ich esse seinen Brei.«

»Warum?«

»Er will ständig von mir getragen werden. Ich will nicht für mich kochen, während ich ihn auf dem Arm habe.«

»Warum?«

»Rücken.«

»Soll ich dir abends etwas vorbereiten, das du dann nur aufzuwärmen brauchst?«

»Ich ziehe ausschließlich Sachen an, die leicht zu waschen sind. Und bequem. Ich fühle mich wie eine, die ich nie sein wollte.«

»Wie denn?«

»Wie ein Klischee. Wo ist da der Sinn, wenn man zum Klischee geworden ist? Verstehst du das?«

»Ich bin mir nicht sicher. Aber ich möchte es sehr gern verstehen.«

Sie nickte. Sie spitzte die Ohren. Sie sah zum Babyfon. Es rauschte leise. Dann war wieder Ruhe.

»Und was ist mit mir? Siehst du noch einen Sinn in uns?«, fragte Coordt.

Sie antwortete nicht.

»Fanni?«

»Wolltest du nicht an mich denken?«

Coordt starrte sie an.

»Wie meinst du das?«

Sie zuckte mit den Achseln.

Während Coordt weiter Kisten stapelte und für die Umzugshelfer bereitstellte, durchsuchte Franziska in der Küche zwei Reisetaschen, die sie mit Lebensmitteln und Küchenutensilien vollgepackt hatte.

»Was machst du da?«, fragte Coordt, als er sie vor den Taschen sitzen und Unordnung verbreiten sah.

»Ich suche nach Alufolie.«

»Warum?«

Sie zeigte zum Fenster. Gleißend schien das Licht durch die Scheibe.

»Um die Sonne auszusperren. Um die Raumtemperatur erträglich zu halten. Die Vorhänge sind abgenommen, und ich habe gelesen, Alufolie im Fenster hilft.«

»Wo liest du denn so was?«

»Stummer Verkäufer. Tipps gegen die Bullenhitze.«

»Wir ziehen aus, Fanni! Du bringst alles durcheinander. Wir haben doch heute schon genug zu tun.«

Sie sah ihn an, zog die Rolle mit der Alufolie hervor, zwängte sich an ihm vorbei ins Schlafzimmer und begann, das Silberpapier auf die Fensterscheibe zu kleben. Das Klebeband zog sie mit den Zähnen von der Rolle ab. Als sie fertig war, schaltete sie das Licht an.

Frieders Haut glänzte. Nass hingen ihm die Löckchen ins Gesicht. Im Gegensatz zu Franziska machte das Wetter den Kleinen träge. Er war ruhiger als sonst, weinte nicht, quengelte kaum, schlief ausnahmsweise auch dann, wenn neben ihm geraschelt und geredet wurde.

Wenigstens war auf Frieder Verlass, wenn seine Mutter es schwer hatte.

Sie besaßen nicht viele Möbel. Auch die Anzahl der Kisten hielt sich in Grenzen. Dennoch zog sich der Umzug hin. Die Hitze war drückend. Die Kehlen trocken. Die Studenten, die Coordt für den Vormittag angeheuert hatte, nahmen sich viel Zeit für Pausen. Coordt trieb sie an. Es kostete ihn Kraft. Ungern sagte er anderen, was getan werden musste. Und die Auseinandersetzung mit Franziska am Morgen hatte ihn angestrengt.

Als alle ihre Habseligkeiten in der neuen Wohnung abgestellt waren, öffnete er ein Bier. Der erste Schluck tat gut, obwohl die Flasche noch nicht ganz kalt war.

Mit dem Rücken rutschte er die glatte Front des Kühlschranks runter, streckte die Beine auf dem Boden aus, berührte eine der Reisetaschen, aus denen Franziska die Alufolie gezogen hatte. Coordt ließ die Erschöpfung zu, die er den ganzen Tag über ignoriert hatte. Er war hundemüde. Er schloss die Augen, spürte sofort den Sog des Schlafs. Er zwang sich, ihm nicht nachzugeben. Frieders Bett musste noch aufgebaut werden. Gleich würde Franziska mit ihm auftauchen. Er hatte ihr bereits eine Nachricht geschrieben, sie könne sich mit dem Kleinen auf den Weg machen.

Langsam hob Coordt die Hand, fuhr mit der Flasche über Schläfen, Stirn und Wangen. Er genoss die Kühle des Kondenswassers, das sich mit seinem Schweiß verband. Da tat sich etwas vor ihm. Er hörte ein schleichendes Geräusch und öffnete die Augen.

Dicht vor ihm stand der Mann. Coordt blickte direkt auf seinen Schritt, auf den feinen Stoff, viel zu warm für diesen Tag.

Etwas Bier schwappte zu Boden, während sich Coordt rasch, aber ungelenk erhob. Eine schaumig-gelbe Lache auf dem hellen Marmor.

Der Mann sagte nichts. Coordt auch nicht, zu überrascht war er.

Der Mann drehte sich um, schritt durch den Flur zurück in sein Zimmer. Coordt sah ihm hinterher, bis die Tür ins Schloss fiel.

Franziska half beim Aufbauen des Kinderbetts. Sie war voller Tatendrang und wie ausgewechselt. Sie bewegte sich frei und mit einer Energie, die er ihr nicht mehr zugetraut hätte, nicht an diesem Tag, der mit Alufolie auf den Fensterscheiben begonnen hatte.

Die große Wohnung war ihr Zuhause. Auch ein Neuanfang. Das verstand Coordt gleich. Es war nicht zu übersehen, wie zufrieden sie war. Sie zog die Schultern nach hinten, hielt sich gerade. Ihre Gesichtszüge entspannten sich.

Coordt tat es gut, seine Frau so zu sehen. Nicht nur wegen der Strapazen des Tages. Auch wegen denen des vorangegangenen Jahres.

Eine Stunde machten sie am Bett herum und kamen nicht voran. Franziska lachte darüber, dass die Gitterstangen nicht mehr so gut passten wie vorher. Die Hitze habe das Holz wohl gedehnt. Das war ihre Erklärung.

Coordt hatte keine Lust mehr. Für heute hatte er genug getan. Sollte Frieder doch zwischen ihnen schlafen, dann müssten sie auch nicht ständig aufstehen. Doch das hatte Franziska nie gewollt, wegen irgendwelcher Ratgeber, die sie gelesen hatte. Und für Coordt hatte es keinen Grund gegeben, sie vom Gegenteil zu überzeugen. Er hatte auch nicht im Bett seiner Eltern geschlafen und konnte sich nicht erinnern, es je vermisst zu haben.

Franziska nahm ihm eine der Stangen aus der Hand. »Ich mach das schon«, sagte sie. Ihr Ton sanft. Auch ihr Blick. Sie schickte ihn mit einem seitlichen Nicken zu Frieder, der seelenruhig am Boden sitzend mit Luftpolsterfolie spielte.

Coordt näherte sich seinem Sohn, zeigte ihm, wie er die Noppen platzen lassen konnte. Frieder lachte und steckte sich die Folie in den Mund. Speichelfäden tropften zu Boden, zeichneten ein naives Muster aufs Parkett.

Dass der Mann plötzlich aufgetaucht und genauso plötzlich wieder verschwunden war, erzählte Coordt nicht. Er wollte seiner Frau den Einstand nicht vermiesen. Und Franziska schien gar nicht an den Mann zu denken. Zumindest fragte sie nicht nach ihm. Sie wusste, wo seine Tür war, mehr interessierte sie nicht.

Sie liebten sich noch in der ersten Nacht.

Ein Jahr lang war Funkstille zwischen ihnen gewesen. Die Geburt, der Schlafmangel, die fehlende Lust – wie verpufft.

Es war Franziska, die Coordt mit ihrem Verlangen weckte. Zunächst baute er ihre Berührungen in seinen Traum ein. Er lag am Starnberger See, über ihm das Blätterdach der Uferbäume, das ihn vor der stechenden Sonne schützte. Weich sank er in die Isomatte ein. Plätschernd schwappten die Wellen über die Steine der Bucht. Er legte die Hand an den Bund seiner Shorts, strich mit dem Daumen unter dem Gummizug entlang. Er genoss die Ruhe und den leichten Wind, der in unregelmäßigen Abständen zu ihm herüberwehte und ihm die Haut kühlte. Er spürte sein erregtes Glied. Sein Brustkorb hob und senkte sich, das Schwappen der Wellen nahm zu. Ein Insekt kitzelte ihn am Ohr. Coordt wischte es weg, öffnete die Augen.

Es war dunkel um ihn herum. Er nahm die Umrisse von Franziskas Gesicht wahr. Die feine, spitze Nase. Die hohe Stirn. Die dicken, abstehenden Locken. Er fühlte ihren Atem an seinem Hals, ihre kleine, flinke Hand, die ihn bearbeitete. Er wollte sich regen, ihr seinen Mund entgegenstrecken. Doch er konnte nicht. Es war ihm unmöglich, die Erschöpfung abzustreifen, die ihn davon abhielt, ihren Zärtlichkeiten mit eigenen zu begegnen.

Später, bevor sie eingerollt vor ihm einschlief, führte sie seine Hand an ihre Stirn und bat ihn, ihren Kopf fest an sich zu drücken. »Damit mein Traum auch in Erfüllung geht.« – »Was denn für einer?«, fragte er, und sie antwortete, dass einem alten Aberglauben zufolge die Träume der ersten Nacht in einem neuen Heim wahr werden würden. »Aber warum meine Hand an deiner Stirn?« – »Weil es dann erst auch so eintritt.«

Während er über ihre warme Haut strich, fragte er sich, ob Franziska das ebenfalls beim Vorbeigehen an einem stummen Verkäufer gelesen hatte.

Coordt konnte nicht schlafen, trotz Müdigkeit. Er dachte über den Mann nach. Warum er so plötzlich vor ihm gestanden hatte, ohne ein Wort zu sagen. Er fragte sich auch, ob der Mann gehört hatte, dass sie sich geliebt hatten. Ob es ihm gefallen oder es als Störung empfunden hatte. Er würde sich daran gewöhnen müssen, mit seiner Familie nicht mehr alleine zu leben.

Am nächsten Morgen wachte Coordt vom Plätschern der Dusche auf. Franziska war früh auf, was ungewöhnlich für sie war. Selbst Frieder schlief noch.

Coordt wartete, bis das Badezimmer frei wurde. Als die Tür aufging, drang ein Schwall süßen Duschgelduftes herein. Franziska stand im Morgenmantel ihrer Mutter vor ihm.

Coordt überraschte es, dass sie ihn behalten hatte. Dass sie überhaupt irgendetwas von der Person aufbewahrt hatte, von der sie sagte, es wäre besser gewesen, sie hätte sie nie getroffen. Zum ersten Mal mit sechzehn, nachdem sie erfahren durfte, wer die Frau war, die sie zur Adoption freigegeben hatte, und warum.

Über drei Jahre war Franziskas Mutter nun schon tot und nie wieder Thema zwischen ihnen gewesen. Coordt akzeptierte es. Weil er ihre Mutter kennengelernt hatte und seither verstand, dass es leichter war, nicht über sie nachzudenken, als an sie zu denken.

Er erinnerte sich noch gut daran. Der Frühling war mit voller Wucht ausgebrochen, nachdem der Winter sich bis in die ersten Aprilwochen hartnäckig gehalten hatte. Überall sprießte und blühte es. Es sah aus, als schneite es Pollen. Eine dicke Schicht Löwenzahnsamen bedeckte das Gras. Wie Schaum am Strand, vom Meer angespült.

Im Vorgarten des Gebäudekomplexes, in dem Franziskas Mutter wohnte, standen die Krokusse dicht an dicht. Ein leuchtender Farbteppich, dazu das Aroma feuchter Erde, das sich unter den ersten warmen Sonnenstrahlen entfaltete.

Coordt hatte Franziska selten so nervös erlebt wie an jenem Tag. Sie suchte Distanz zu ihm, als würde das der Besuch bei ihrer Mutter erfordern. Es war nicht ihre Idee gewesen, zu ihr zu fahren, sondern seine. »Ich möchte sie kennenlernen«, hatte er gesagt. »Nein«, hatte Franziska geantwortet, »besser nicht.« Coordt hatte sie daraufhin in den Arm genommen und ihr immer wieder »bitte, bitte« ins Ohr geflüstert, wie ein Kind, das um noch mehr Süßigkeiten bat. Irgendwann hatte sie nachgegeben und gesagt: »Du wirst schon sehen, was du davon hast. Aber du musst mir versprechen, mir danach nie wieder damit auf die Nerven zu gehen.« Er hatte gelacht, weil er ihre dramatische Art amüsant fand.

Es dauerte, bis Franziskas Mutter die Haustür öffnete. Sie trug den Morgenmantel, den Franziska gerade anhatte.

Schon damals war er sich sicher gewesen, er würde den Mantel nie mehr vergessen. Wegen seiner Extravaganz, hellblau mit flauschiger Bordüre. Das Gewand einer Königin, hatte er gedacht und das ausgemergelte Gesicht studiert, das wenig Ähnlichkeit mit dem seiner Frau hatte. Tief saßen die Augen in den Augenhöhlen. Schlaff hing der Morgenmantel an ihrem Körper hinunter.

Coordt hielt Franziskas Mutter seine Hand und den Strauß Tulpen hin, den er in dem Untergiesinger Blumenladen besorgt hatte, dessen Inhaber sich auch um Rudolph Moshammers Grab kümmerte, wie er in einem Fernsehbeitrag erfahren hatte. Die Hand nahm Franziskas Mutter nicht, den Blumenstrauß schon. Sie drehte sich um und ging durch den Flur ins Wohnzimmer, holte eine Vase aus dem Regal, ließ die Blumen hineinfallen. Das Wasser sparte sie sich und stellte das Gefäß auf den Esstisch.

Franziska war sofort darauf zugegangen, um es am Spülbecken in der Küche zu füllen. Coordt stand neben der Mutter im Wohnzimmer und fühlte sich unwohl. Ein stickig-süßlicher Geruch lag in der Wohnung. Er versuchte, so wenig Luft wie möglich einzuatmen. Alles an der Mutter war ablehnend. Kein Lächeln, nicht einmal geheucheltes Interesse, nur der schmale Rücken, den sie ihm zuwandte.

»Ich wollte Sie kennenlernen«, sagte Coordt, um die Stille zu durchbrechen und weil es stimmte. »Ich will Ihnen sagen, dass Ihre Tochter mein Glück ist.«

Franziskas Mutter sagte nichts. Erst als ihre Tochter mit der Vase wieder das Wohnzimmer betrat, drehte sie sich um und flüsterte: »Ich hab's versucht. Aber es geht nicht. Bitte geht wieder. Ich möchte allein sein.«

Obwohl die Worte unmissverständlich waren, brauchte Coordt eine Weile, bis er verstand, dass sie rausgeschmissen wurden. Er sah erst Franziskas Mutter an, dann seine Frau und hob die Arme, die Handflächen nach oben gerichtet, zum Zeichen, sich keiner Schuld bewusst zu sein.

»Marianne!«, flüsterte Franziska zurück. Doch ihr Flehen traf nur den Rücken ihrer Mutter, den sie ihnen wieder zugedreht hatte, gerundet. Einzeln drückten sich die Wirbel durch den Stoff des Morgenmantels.

Die Pollen flogen vom Boden auf, als sie durch den Vorgarten des Wohnblocks zurückgingen. Im Auto drehte Franziska die Musik auf. Coordt schwieg. Er hatte den Eindruck, es sei besser so. Erst zu Hause versuchte er es.

»Es tut mir leid«, begann er und trat nah an sie heran.

Franziska machte einen Schritt zurück. Coordts Zeigefinger, der sanft ihr Kinn angehoben hatte, wie eine Mahnung in der Luft.

»Am besten, wir vergessen sie. Sie hat mich weggegeben. Ich hätte gern die Gründe dafür erfahren. Sie will sie mir nicht sagen. Sie wird sie mit ins Grab nehmen. Ich muss es akzeptieren, auch wenn es mir schwerfällt. Es war leichter, als ich noch nicht wusste, wer sie ist. Schade um die schönen Blumen.«

»Guten Morgen«, sagte Franziska und schnürte den flauschigen Gürtel enger um ihre Taille.

»Guten Morgen«, sagte Coordt. »Du bist früh aufgestanden heute.«

»Es gibt viel zu tun. Da warten eine Menge Kisten auf uns.« Sie zeigte in den Flur.

»Ich wusste gar nicht, dass du ihn behalten hast.« Coordt zeigte auf den Morgenmantel.

Franziska sah an sich hinunter.

»Es ist das Einzige, das ich von ihr habe. – Steht mir gut, nicht wahr?«

»Ja. – Aber wieso? Wieso ihn? Du hast mir gar nichts davon gesagt. Wo hattest du ihn versteckt?«

»Erinnerst du dich noch an den Tag …«

»… ja, klar …«

»Als wir damals von ihr weggingen, habe ich mich plötzlich in dem Mantel gesehen. Ich habe mir gesagt, den ziehst du an, sobald du mit ihr abgeschlossen hast.«

»Und jetzt ist es so weit?«

»Sonst hätte ich ihn nicht an.« Sie lächelte verschmitzt, ließ das Gewand einer Königin über ihre Schultern rutschen, krabbelte zu ihm ins Bett.

Die ersten Tage in der neuen Wohnung vergingen unbeschwert. Franziska hatte Freude daran, die Zimmer zu gestalten und einzurichten. Sie fuhr zum Baumarkt, kaufte Farbe, strich ein paar Wände an. Vor allem Pastelltöne hatten es ihr angetan, »die sind gut fürs Gemüt, habe ich gelesen«, sagte sie und rollte Abdeckvlies aus, das Frieder sofort wieder wegzog, worüber Franziska lachte. Coordt gefiel, was er sah. Er bot an, ihr nach der Arbeit und am Wochenende zu helfen. Doch sie winkte ab. »Das ist mein Job, den musst du mir lassen. Aber wenn du Frieder davon abhalten könntest, in den Farbtopf zu fallen, hätte ich nichts dagegen.«

Frieder war erstaunlich gut zu haben. Er weinte kaum und erkundete mit Neugier die Wohnung. In jede Steckdose – Franziska hatte sie sofort mit einer Kindersicherung versehen –, bohrte er seine Fingerchen. Er steckte alles in den Mund, was er zu fassen bekam und noch nicht kannte, krabbelte gekonnt über die Türschwellen, die Franziska am ersten Tag noch für bedenklich gehalten hatte, da der Kleine sich die Knie anhauen könnte.

Wenn Coordt seinen Sohn hochhob, rief er nicht gleich nach seiner Mutter, und Coordt spürte endlich jene Verbindung zwischen ihnen, die er sich stets vorgestellt hatte, bevor er Vater geworden war.

Auch im Büro lief es gut. Er hatte viel zu tun, aber keinen unangenehmen Druck. Und sein Chef hatte ihm signalisiert, es werde bald ein Stühlerücken geben, er müsse nur noch ein klein wenig Geduld aufbringen, dann könne er seine Gehaltserhöhung sogar mit einer Beförderung verbinden.

Manchmal sah Coordt aus dem Bürofenster auf die Feuertreppe und die beiden Eichhörnchen, die sich gelegentlich eine der Locknüsse auf der obersten Stufe abholten, die er dort für sie ausgelegt hatte, und wünschte sich, die Zeit festhalten zu können. Er erinnerte sich nicht, wann er das letzte Mal diesen inneren Frieden gehabt hatte, den er empfand, seit sie in die Wohnung gezogen waren. Selbst durch die belebten Straßen zu radeln, die er neuerdings zur Arbeit nehmen musste, machte ihm Spaß. Die Stadt gibt mir was, hatte er das letzte Mal gedacht, als er an den Cafés vorbeigefahren war, vor denen die Menschen Schlange standen und auf einen freien Platz warteten.

Den Mann sahen sie nicht. Es war, als gäbe es ihn nicht, nur diese eine verschlossene Tür am Ende des Gangs.

Coordt überlegte, bei ihm anzuklopfen, das Gespräch zu suchen. Es irritierte ihn, dass sie in einer Wohnung lebten und nichts voneinander mitbekamen, auch wenn er nichts von ihm mitbekommen wollte. Aber wenigstens nicht mit einem Geist zusammenleben, das war ihm schon wichtig. Das machte den Mann für Coordt nur präsenter, als er war. Dennoch klopfte er nicht an die Tür. Sie hatten das vereinbart, sogar vertraglich: keine Störungen.

Ausbedungen hatte es sich der Mann. *Ausbedungen* – die Stimme der Vermieterin wie ein Leiern in seinem Ohr.

»Ich gehe davon aus, es ist auch in Ihrem Interesse?«, hatte sie gesagt und ihm den Stift hingehalten, schwarz mit goldener Spitze.

Gelegentlich glaubte Coordt, den Mann nachts zu hören, dann, wenn der Boden knarzte, die Toilettenspülung rauschte oder Wasser in einer Dusche plätscherte. Auf dem Flur, im Vorraum oder im Treppenhaus traf er ihn nicht an, was Coordt äußerst seltsam fand. Irgendwann musste er doch einkaufen gehen. Zur Post. Zum Arzt. Aufs Amt. In den Park. Zum Briefkasten. Doch der Mann schien die Wohnung nicht zu verlassen.

Sobald Coordt von der Arbeit nach Hause kam, fragte er Franziska, ob sie ihn gesehen habe. Er erhielt immer die gleiche Antwort: Nein. Im Gegensatz zu ihm interessierte sie sich nicht für den Mann. »Lass ihm doch seine Ruhe. Wir kriegen nichts von ihm mit, und ob er von uns etwas mitkriegt, kann uns egal sein, solange wir nichts von ihm mitkriegen.«

Coordt gab sich damit nicht zufrieden. Es gelang ihm einfach nicht. Ständig musste er an den Mann denken. Wo er gerade war. Was er machte. Wann er aus seinem Bereich schleichen würde – und wie es dort aussah.

Eine Fotografie-Ausstellung eines jungen Japaners kam ihm in den Sinn. Er hatte sie in einer Galerie in Kiel gesehen. Dutzende kleinformatige Fotografien von Wohnungen waren gezeigt worden, überwiegend enge Zimmer, in denen Hikikomori lebten. Es war das erste Mal gewesen, dass Coordt etwas über dieses Phänomen der Abschottung von der Außenwelt erfahren hatte.

Er fragte sich, ob der Mann vielleicht einer von denen war, die sich freiwillig in die totale Isolation begaben und ihr Zimmer nicht mehr verließen. Doch das passte nicht zu ihrer ersten Begegnung, bei der sich der Mann angriffslustig gegeben hatte. Und auch nicht zu ihrer zweiten, bei der er es geschafft hatte, plötzlich so dicht vor ihm zu stehen, dass Coordt beinahe die Bierflasche hätte fallen lassen.

Coordt war sich sicher, der Mann bewegte sich in der Wohnung, unbemerkt. Das wollte er nicht zulassen. Also lauerte er ihm auf. Ohne Erfolg. Nach ein paar Tagen gab er auf. Der Müdigkeit wegen. Aber er ließ sich etwas einfallen, griff auf einen alten Trick zurück, den ihm sein bester Freund Erik einst gezeigt hatte, als sie noch Detektiv spielten. Er zog eines von Franziskas Haaren aus der Bürste und befestigte es mit Tesafilm so an der Tür, dass es durchreißen würde, wenn der Mann die Wohnung verließe.

Über eine Woche klebte er Abend für Abend Franziskas Haar an die Haustür. Am nächsten Morgen war es stets genauso da, wie er es angebracht hatte.

Jedes Mal, wenn er nach Hause kam, stand Coordt auf dem Trottoir vor dem Gebäude und blickte nach oben zum dritten Stock. Er konnte nicht sagen, was er sich davon erhoffte. Es war wie ein Zwang, den Mann zu sehen, ohne von ihm gesehen zu werden. Doch die Vorhänge in dem Zimmer waren stets zugezogen. Nicht ein einziges Mal zeichnete sich seine Silhouette ab.

Dachte Coordt an den Mann, schlief er schlecht. Dann spukte der Mitbewohner in seinem Kopf herum und tat in seiner Fantasie Dinge, die er nicht tun sollte. Zuerst betrat er Frieders Zimmer, schlich im diffusen Licht der

Kindersteckleuchte um das Bettchen herum, in dem der Kleine schlief. Der Mann unternahm nichts weiter, als auf den Jungen zu schauen und sich dessen Atemrhythmus anzueignen. Trotzdem verkrampfte sich etwas in Coordt.

Sobald ihn derartige Vorstellungen heimsuchten, verbot er sie sich. Doch je öfter er sich untersagte, an den Mann zu denken, desto mehr dachte er an ihn. Was Coordt nicht einmal verwunderte. Nur wusste er nicht, wie er diesen Teufelskreis durchbrechen sollte.

Er wälzte sich im Bett, lauschte in die Dunkelheit. Oft, wenn die Unruhe besonders stark war, stand er auf und setzte sich in die Küche. Er machte nie Licht. Keinesfalls wollte er dem Mann ein Zeichen geben, dass er wach war und es mitbekäme, sollte er aus dem Zimmer gehen. Er war einmal von ihm überrascht worden, jetzt war er an der Reihe, ihn zu überraschen.

Zwar hatte Coordt kein schlechtes Gefühl gehabt, als er den Mann das erste Mal gesehen hatte. Leidenschaftlich hatte er auf ihn gewirkt, wie einer, der Gefallen daran fand zu provozieren, weil er damit in seinem Leben stets erfolgreich gewesen war. Und dennoch: Was wussten sie schon von ihm? Er war ein Fremder. Und keiner hatte eine Ahnung davon, wozu er fähig sein konnte. Je länger Coordt in der Wohnung lebte und ihn nicht sah, desto mehr fühlte er sich dem Mann ausgeliefert. Da half auch kein Vertrag, in dem festgeschrieben stand, dass beide Parteien Störungen zu vermeiden hätten. Was sollte das schon heißen? Und vor allem: Was nutzte es?

Von der Küche aus hatte Coordt einen freien Blick auf die Zimmertür des Mannes. Er fixierte den Streifen gelben

Lichts, der unter dem Spalt hindurchschien. Doch egal, wie lange er ihn ansah, der Streifen veränderte sich nicht. Kein Schatten verdunkelte ihn. Es war, als bewegte sich der Mann nicht in seinem Zimmer. Als käme er nur zum Vorschein, wenn niemand mit ihm rechnete.

Coordt fragte sich, ob sie mit der Wohnung die richtige Entscheidung getroffen hatten, ob der Preis, den sie dafür zahlten, nicht zu hoch war. Sicherlich, die Räume und die Lage waren ein Traum. Hier staute sich nicht die Hitze dieses Sommers, hier hatte er noch keine von Franziskas dunklen Phasen erlebt. Sie waren verschwunden. Hier hörten sie mehr Vogelgezwitscher als Autos. Und die Luft war gut. Eine Erleichterung, vor allem für Franziska, die immer wieder darauf zu sprechen kam.

In der Wohnung am Mittleren Ring hatte sie sich oft genug vorgestellt, wie sich Feinstaub in der Lunge des Kleinen ablagerte. Deshalb hatte sie die Fenster nur nachts geöffnet, wenn die Straßen weniger befahren waren.

In der neuen Wohnung atmete Franziska auf. Sie war schneller aus dem Bett als gewöhnlich, steckte sich neuerdings die Haare hoch, zog Kleider an, die Coordt lange nicht mehr an ihr gesehen hatte, und tanzte zu Stromae. »Seit dem Umzug weiß ich endlich wieder, was ich schon fast vergessen hatte.«

Auch Frieder ging es gut. Seine ersten Schritte gelangen ihm im geräumigen Eingangsbereich. Er sagte jetzt auch »Papa«, suchte immer öfter seine Nähe. Coordt konnte ihm ansehen, wie Franziskas Ausgelassenheit auf ihn abfärbte. Er lachte mehr als er weinte, fand abends schneller zur Ruhe, und die Nachtschreck-Phasen, in denen Frieder plötzlich laut losschrie und nichts ihn beruhigen konnte, waren seltener geworden, wenn auch nicht vorbei. Vorbei war dafür die Zeit, in der Coordt froh war, wenn sein Sohn endlich schlief, wenigstens für ein, zwei Stunden.

Franziska entdeckte das Viertel. Innerhalb von einem Monat lernte sie mehr Nachbarn kennen als in dem ersten Jahr mit Kind in der alten Wohnung nahe dem Candidplatz. Franziska hatte den Kontakt zu anderen Eltern gemieden. Es stresste sie, sich in Vergleich zu Müttern zu setzen, die ein Kind in Frieders Alter hatten.

Coordt freute sich über »die neue alte Franziska«, wie er sie scherzhaft nannte. Sie tat, als missbillige sie es, so von ihm bezeichnet zu werden. Doch in Wirklichkeit fand sie es gut. »Ich bin halt glücklich«, sagte sie dann und streckte die Zungenspitze hervor. »Seit wir hier sind, fühle ich mich frei. Hier bin ich daheim.« Wie zur Bestätigung zeichnete sie mit den Händen einen Kreis um ihren Körper. Er begann vor ihrer Brust und endete hinter ihrem Rücken.

Coordt wünschte sich, sie würde andere Gründe für ihr Glück benennen als die neue Wohnung. Dass sie sich wohlfühlte mit ihm und ihrem Sohn. Dass sie ihn liebte. Irgendetwas in der Art. Dennoch war er zufrieden. Sie hatte ja recht. Es war ein anderes Lebensgefühl, von der Arbeit nach Hause zu kommen und aufzuatmen. Licht, Luft, Platz – in dieser Umgebung würden sie sich entfalten. Er wünschte sich ein zweites Kind, auch wenn es mit Frieder anstrengender verlaufen war, als er es sich vorgestellt hatte.

Einmal in der Woche ging Franziska neuerdings auf den Markt. Seitdem glänzten jeden Donnerstagabend grüne und schwarze Oliven in kleinen Schälchen auf dem Tisch. Auch verschiedene Sorten Käse und Salami, frisches Holzofenbrot, eingelegte Paprika und Artischockenherzen deckte sie auf. Dazu gab es eine Flasche Wermut und eine Karaffe mit basischem Vitalwasser, das für alles Mögliche gut sein sollte.

So war es auch an jenem Abend, an dem Coordt etwas früher als sonst von der Arbeit nach Hause kam.

Der Wermut war bereits geöffnet. In einem Tumbler-Glas leuchtete die lohfarbene Flüssigkeit in der Abendsonne. Am Rand des Glases war deutlich der Abdruck von Franziskas Lippen zu erkennen. Inzwischen trug sie Farbe mindestens so oft auf, wie sie sich abends einen Wermut gönnte. Die Flaschen kaufte sie im kleinen Spirituosenladen um die Ecke. Überhaupt kaufte sie nur noch »um die Ecke«, um schneller in ihrem Viertel anzukommen, wie sie sagte.

Für Frieder bräunten auf einem Teller zerdrückte Bananen vor sich hin. Frieder war verrückt nach Bananen. Er verlangte auch dann nach ihnen, wenn es für ihn etwas anderes zu essen gab.

Coordt legte die Umhängetasche ab, zog Schuhe und Socken aus, spürte die Wärme des Holzes unter seinen Füßen. Er war nicht nur früher aus der Arbeit gekommen, er hatte auch gute Nachrichten zu überbringen und einen Strauß violetter Gladiolen. Seitdem er Franziskas Mutter die Tulpen mitgebracht hatte, schenkte er nur noch selten Blumen. Auch weil er es nicht mochte, wenn sie die Köpfe hängen ließen und er sie entsorgen musste, den Geruch von fauligem Wasser in der Nase. Er schenkte lieber Bildbände oder

Konzertkarten. Doch die Gladiolen hatten ihm gefallen, als er an dem Blumenstand vor der Uni vorbeigeradelt war. Franziska wusste sofort, was los war, als Coordt eintrat, den Strauß in der Hand, den Arm ausgestreckt, ihr entgegen. Sie ging auf ihn zu, Frieder auf der Hüfte.

»Wie viel?«, fragte sie und lächelte ihn an.

»Fünfhundert.«

»Brutto oder netto?«

»Immer brutto.«

»Das heißt?«

»Das heißt was?«

»Wie viel?«

Frieder streckte die Ärmchen nach seinem Vater aus, gluckste dabei.

»Da freut sich aber einer«, sagte Coordt und tauschte die Gladiolen gegen seinen Sohn ein.

Während Franziska die Blumen in eine hohe Vase stellte, fing es an zu regnen. Ein Gewitter mit Getöse. Coordt erhoffte sich Abkühlung. Dem Krachen am Himmel nach war seine Hoffnung berechtigt. Doch der Regen, der kam, war nicht so einer. Eher ein rauschender Schauer, lauwarm und sanft, ohne zu prasseln.

Franziska öffnete alle Fenster, atmete tief ein und aus. Coordt beobachtete, wie sich ihre Schultern hoben und senkten, wie sich der BH unter dem dünnen moosgrünen Kleid abzeichnete.

Gerader Rücken.

Schmaler Hals.

Ein leichter Wind fegte durch die Wohnung, ließ einen Stapel loser Papiere von der Kommode zu Boden segeln.

An der Decke zitterte Frieders buntes Fisch-Mobile. Das Windspiel auf dem Balkon gab leise, hölzerne Töne von sich, während die Blumen einen leicht zwiebeligen Duft verströmten, mit dem Coordt nicht gerechnet hatte. Er war ihm zuwider. Er nahm die Vase zur Hand, stellte sie in den Eingangsbereich, weit genug weg vom Essen.

Die Oliven waren hervorragend. Wie im Urlaub, wenn alles besser schmeckte als zu Hause. Franziska goss Coordt Wein ein. Einen Lagrein. Eine Geste, die Coordt angenehm auffiel. Sie wusste, er würde beim Wermut abwinken, er mochte es nicht süß.

Die Gläser klirrten, als sie anstießen – auch etwas, das Franziska neu eingeführt hatte. Frieder hob ebenfalls seine Schnabeltasse. Er wollte dabei sein, wenn es etwas zu feiern gab.

Coordt nahm einen großen Schluck und spürte dem samtigen Geschmack des Rotweins nach. Er dachte an das Gespräch mit seinem Chef. Viel Lob hatte er bekommen und wertschätzende Worte, die ihm genauso gutgetan hatten wie die Zusage, ab dem nächsten Monat endlich mehr Gehalt zu kriegen, weil er künftig auch das Team leiten und den Digitalisierungsprozess vorantreiben solle. Er zähle auf ihn. Es sei nicht einfach gewesen, ihn als Mann durchzusetzen, jetzt, da die Zeit der Frauen gekommen sei. Aber er sei jemand mit weiblichen Zügen, das habe er denen ganz oben – dabei zeigte sein Chef mit dem Finger in die Luft – versichert. Milde im Ton, streng in der Sache.

Coordt hatte sich in einem fort für das Vertrauen bedankt, bis es ihm selbst zu viel wurde. Jetzt brannte er darauf, Franziska von seiner Beförderung zu erzählen. Bislang hatte er ihr nicht gesagt, dass er dafür schon seit Längerem im Gespräch war. Er hatte abwarten wollen, bis es tatsächlich so weit war – und sie dann überraschen. Nun brauchte er nur noch ihre Aufmerksamkeit.

Franziska war aufgedreht. Hastig ihre Stimme. »Ich muss dir unbedingt was erzählen. Das glaubst du nicht!« Sie redete über die Nachbarin aus dem Erdgeschoss, während sie Käse und Speck zum Mund führte und gleichzeitig Frieder mit Bananen fütterte.

Sie hatte Majtken beim Leeren des Briefkastens kennengelernt. Erst sei ihr die rote Lederjacke aufgefallen. Dann die weißblonden Haare. »So hell, sie hätten eigentlich künstlich sein müssen.« Was sie aber nicht waren. Majtken sei Schwedin. Alleinerziehend. Zwei Kinder, schon etwas älter. Aber das mache nichts, das habe auch Vorteile. Frieder müsse nicht um seine Spielsachen kämpfen, wenn sie sich träfen, er teile sowieso ungern, das wisse er ja.

Majtken arbeite als Goldschmiedin. Sie führe einen Laden, nur ein paar Straßen weiter. Nicht groß, dafür erfolgreich. Ihre Stücke würden sogar auf internationalen Modeschauen getragen. Coordt müsse sie unbedingt einmal bewundern. Im Übrigen habe sie schon lange nichts mehr für den Hals gekriegt oder für die Ohren, was er jetzt, mit der Gehaltserhöhung, sicherlich ändern werde. Sie zwinkerte ihm zu, als sie die Hände zum Gesicht hob und sich über Wangen und Nacken strich, ohne ihn aus den Augen zu lassen.

Das Wichtigste jedoch habe sie noch gar nicht gesagt. Sie strahlte wie Frieder, wenn man vor ihm eine Kerze anzündete. Sie könne dort aushelfen! Sie habe sich mit Majtken auf Anhieb gut verstanden, und Majtken brauche immer mal wieder jemanden, der für sie einspringt. Es sei nicht leicht, Mitarbeiterinnen zu finden, die neben dem Verkauf auch eigene Ideen einbrächten. Franziska könne Frieder mitnehmen, wenn es nicht anders ginge. Selbstverständlich. Majtken wisse ja, wie es sei mit Kind.

Coordt legte das Besteck zur Seite. »Das ist ja fantastisch«, sagte er und konnte es in der Tat nicht glauben, dass eine Nachbarschaftsbegegnung genau die Perspektive für seine Frau mit sich brachte, die sie sich schon lange gewünscht hatte.

Sie waren in Wien gewesen, hatten in das Schaufenster eines Goldschmieds geblickt, er dachte gern an den kleinen Laden im zehnten Bezirk zurück und wie er Franziska gefragt hatte, was ihr in der Auslage gefalle. Da hatte sie ihm zum ersten Mal von ihrem Traum erzählt, Schmuck zu entwerfen und selbst herzustellen. Warum sie es nicht einfach mache, hatte er sie gefragt, und sie hatte geantwortet, es gebe kein »einfach«. Sie habe sich für das Lehramtsstudium der Sicherheit wegen entschieden.

»Ich freue mich für dich. Das ist doch genau das, was du dir immer gewünscht hast«, sagte Coordt und beschloss im gleichen Moment, ihr wann anders von seiner Beförderung zu erzählen. Er wollte ihr nicht die Show stehlen. Er wusste, was es für sie bedeutete, Aussicht auf Arbeit zu haben, mit der sie sich identifizieren konnte.

Nachdem sie zweimal durch das Erste Staatsexamen gefallen war, hatte sie nicht mehr über ihre berufliche Zukunft nachdenken wollen, zumal sie bald darauf schwanger geworden war und keinen Sinn darin sah, sich ausgerechnet in diesem Zustand, wie sie es sagte, umzuorientieren.

Franziska nickte und schob Frieder einen weiteren Löffel vom Bananenbrei in den Mund. Eine zufriedene Stille lag über ihnen, bis sie von einem Geräusch gestört wurde, einem Ratschen. Es war das gleiche Geräusch, das Coordt auch bei der Wohnungsbesichtigung wahrgenommen und für Vorhänge gehalten hatte, die auf- oder zugezogen wurden, fast drei Monate war es inzwischen her.

Coordt drehte sich um, starrte in Richtung der Zimmertür des Mannes.

»Was ist los?«, fragte sie.

»Ich habe was gehört.«

»Und?«

»Ich möchte sehen, wenn er seinen Bereich verlässt.«

»Er wird ihn nicht verlassen.«

»Woher willst du das wissen?«

»Bobo hat es mir gesagt.«

»Bobo?«

Franziska spuckte einen Olivenkern aus, legte ihn an den Rand des Tellers.

»Unser Mitbewohner.«

»Wann hast du ihn getroffen?«

»Als ich mit Frieder nach Hause kam. Er stand im Flur.«

»Was hat er gesagt?«

Franziska nahm eine weitere Olive zwischen die Finger, schob sie sich in den Mund, wischte das Öl an Frieders Lätzchen ab, bevor sie ihm mit dem anderen Ende über das Kinn fuhr.

»Hallo hat er gesagt.«

»Und?«

»Er hat auf seine Tür gezeigt und gesagt: ›Dort gehe ich jetzt hinein und komme heute nicht mehr raus.‹«

»Und du?«

»Ich habe ›okay‹ gesagt. Er hat sich umgedreht und ist auf sein Zimmer gegangen. Und ich habe die Einkäufe in die Küche getragen und den Tisch gedeckt. Dann bist du nach Hause gekommen.«

»Das war's?«

»Das war's.«

Coordt stand auf, die Hände in den Hosentaschen, ging hin und her, spürte, dass Franziska ihn beobachtete. Als er sie ansah, glaubte er, auf sie so zu wirken, wie sie auf ihn gewirkt hatte, als sie noch in einer Menge Ängste gefangen war. Er setzte sich wieder an den Tisch, trank vom Wein.

»Tut mir leid. Der Mann macht mich nervös. Dass er hier lebt, ohne sich auch nur einmal zu zeigen. Er ist wie ein Geist, findest du nicht?«

Franziska zuckte die Achseln, setzte Frieder, der leicht nach rechts gekippt war, wieder aufrecht in sein Stühlchen. Sein Sohn sah müde aus, die Lider auf halbmast.

»Welchen Eindruck hattest du von ihm?«, fragte er, als Franziska ihn wieder ansah.

Sie überlegte. »Sympathisch. Einsam. Etwas traurig kam er mir vor.«

»Ist dir sonst noch was aufgefallen?«

»Nein. Aber ich glaube, du machst dir zu viele Sorgen. Es ist nicht so, dass ich nicht mitbekomme, wie du nachts aufstehst, dich in die Küche schleichst und die ganze Zeit auf seine Tür starrst. Ein Gespenst bleibt nur so lange ein Gespenst, bis man es sieht, nicht wahr?« Sie nahm den letzten Schluck aus ihrem Glas.

Coordt musterte sie. »Warum hast du nie etwas zu mir gesagt?«

»Vielleicht aus dem gleichen Grund wie du?«

»Ich habe nichts gesagt, um dich mit meinen Gedanken nicht zu belasten. Du bist so glücklich hier und …«

»Ja, das bin ich«, bestätigte sie, »und das ändert sich auch nicht, nur weil hinter dieser Tür«, sie deutete in den Flur, »ein Mann lebt, der uns in Ruhe lässt.«

»Weshalb hast du dann mit ihm geredet?«

»Es hat sich ergeben, Coordt. Mach doch kein großes Ding draus.«

»Kein großes Ding?«

»Es war nur eine Frage der Zeit, bis wir uns begegnen. Ehrlich gesagt hatte ich schon viel, viel früher damit gerechnet.«

Coordt sah zu Frieder. Er war schon fast eingeschlafen. Seine Lider flackerten, der Mund halb geöffnet. Alles an ihm war weich, verlor seine Form. Coordt konnte sich nicht erinnern, ihn jemals von alleine einschlafen gesehen zu haben.

Er schob seinen Stuhl zurück, auch Franziska den ihren. »Ich bin fertig hier«, sagte sie leise, stand auf, hob Frieder aus dem Stühlchen und ging mit ihm auf dem Arm zu Coordt. Sie hielt ihm seinen Sohn hin, damit er ihm noch einen Gutenachtkuss auf die Wange drücken konnte. Dann verschwand sie in Richtung Kinderzimmer. Das alles geschah mit einer routinierten Selbstverständlichkeit, die Coordt zum ersten Mal bewusst wahrnahm.

Er sah seiner Frau hinterher. Ausgesprochen gut stand ihr das moosgrüne Kleid, dessen Träger leicht über ihre rechte Schulter fiel, auf der Frieder nun seinen Kopf abgelegt hatte, die Augen längst geschlossen, den Daumen im Mund.

Coordt ließ sich auf den Stuhl fallen. Eine Weile schaute er noch auf die Tür des Kinderzimmers, die Franziska sachte hinter sich geschlossen hatte, dann drehte er den Kopf zu Bobos Bereich.

Für einen Moment war alles still, und Coordt konnte seinen Puls bis in die Halsschlagader spüren. Der Himmel verfärbte sich von Abendrot in ein Lila, als Franziska anfing zu singen. Wie jeden Abend. Das immer gleiche Lied. *When I was just a little girl, I asked my dolly what will I be …*

Coordt zwang sich, den Blick von der Tür des Mannes zu lösen, und begann damit, den Tisch abzudecken. Franziska würde sich freuen, wenn der Haushalt nach dem Zubettbringen erledigt war. Also räumte Coordt ab, verstaute das restliche Essen im Kühlschrank, warf die Spülmaschine an, fegte Brösel zusammen. Er wünschte sich, Franziska käme schnell zurück. Es drängte ihn, noch mehr über ihre Begegnung mit dem Mann zu erfahren. Vielleicht hatte sie recht und seine Sorgen waren unbegründet. Er konnte sich selbst nicht erklären, weshalb dieses unangenehme Gefühl, das ihn bei dem Gedanken an den Mann überkam, stärker wurde. Es war gewachsen, Tag für Tag, nahm ihn ein, auch dann, wenn er gar nicht direkt an ihn dachte. Er konnte nichts dagegen tun. Und versuchte er es, indem er sich Franziskas schöne neue Energie vor Augen führte oder Frieders Ausgeglichenheit, landete er dennoch wieder bei dem Mann und damit bei sich und seiner innerlichen Unruhe. Es ärgerte ihn, dass seine Frau ihm erst von der Unterhaltung erzählt hatte, als das Geräusch da war. Sicherlich, für sie hatte die Begegnung mit dem Mann keine große Bedeutung gehabt, das hatte sie gesagt, und er hatte ihr nie etwas von seinem Aufruhr erzählt. Andererseits war ihr seine Schlaflosigkeit nicht entgangen.

Coordt schenkte sich Wein nach. Zweiundzwanzig Euro stand auf dem Etikett. Er pulte es ab, schnippte es in die Spüle. Franziska übertrieb es wirklich. Seit sie hier lebten, gab sie viel mehr Geld für Lebensmittel aus als früher. Als dürfte in diese Wohnung nur Teures.

Ihr Gesang verklang. Wahrscheinlich schlief Frieder schon. Coordt wartete, dass die Tür aufging. Doch nichts rührte sich. Franziska kam nicht.

Er überlegte, einen Blick ins Kinderzimmer zu werfen. Es geschah nicht selten, dass Franziska während des Singens einschlief. Oft sogar noch, ehe Frieder selbst zur Ruhe gekommen war. Dann weinte er so lange, bis sie wieder zu singen anfing. Jetzt allerdings war kein Laut zu hören. Coordt wollte schon los, sie wecken, entschied sich aber dagegen. Sie würde nur verärgert sein, sollte er Frieder wegen seiner Ungeduld aus dem Schlaf reißen. Frieder hörte Federn zu Boden fallen. Gerade wenn man glaubte, er bekomme nichts mehr mit, öffnete er die Augen, und es dauerte noch länger, bis der Abend endlich ihnen gehörte.

Die Flasche Wein war leer, als er Franziskas Hand auf seiner Schulter spürte. Er hob den Kopf, blinzelte sie an. Franziska nahm ihm das Glas aus der Hand, stellte es in die Spüle, ließ Wasser ein, bis es halb voll war. Dann reichte sie ihm die Hand, forderte ihn auf aufzustehen. Wie ein Kind, dem man den Weg zeigen musste, folgte Coordt seiner Frau ins Schlafzimmer.

»Wir sollten deine Gehaltserhöhung feiern, findest du nicht?«

Hoch und voll stand der Mond inzwischen am Himmel, sandte sein bleiches Licht. Weiß leuchteten ihre Brüste, die sie ihm hinstreckte, so, wie sie sie Frieder hingestreckt hatte, als sie ihn stillte.

Coordt strich seiner Frau über die Wangen. »Nächstes Mal«, sagte er. »Heute bin ich zu müde.«

Franziska begann bei Majtken zu arbeiten. Es war nur ein Aushilfsjob. Aber er machte ihr Spaß. Sie fühle sich wieder gebraucht, auch wenn sie dort keine große Verantwortung trage. Ein bisschen Beratung und im Laden sein, wenn Majtken unterwegs war. Mehr sei es nicht. Dafür könne sie sich ihre Zeit selbst einteilen. Außerdem komme sie endlich mal wieder unter Leute – etwas, das sie vernachlässigt habe, seit sie Mutter geworden war. Erst durch Majtken sei ihr klar geworden, wie hungrig sie nach Abwechslung sei und wie sehr sie sich zurückgenommen habe.

Es verging kein Abend, an dem Franziska nicht von Majtken erzählte. Sie übernahm sogar ihre Geste beim Reden, die rechte Schulter leicht nach vorne gestreckt, und da gab es dieses Funkeln in den Augen, als hätte sie etwas ausgeheckt. Wenn sie lachte, öffnete sie den Mund weiter als sonst. Sie trug jetzt auch ausgefallene Blusen mit Muster und dazu Schmuck. Stücke, die ihr Majtken aus der eigenen Kollektion empfahl. Es waren überwiegend geometrische Formen aus Gold. Dreiecke, Zylinder, Quadrate. Klein und dezent. Trotzdem fielen sie Coordt auf.

Coordt fand es sexy, seine Frau so zu sehen. Gepflegt und in Schale geworfen. Er mochte das Selbstbewusstsein, das sie sich erstaunlich schnell angeeignet hatte. Auch gefiel ihm die Lebensfreude, die sie ausstrahlte, und wie sie mit einer Hand ihre Locken nach hinten warf und den Raum, in dem sie sich befand, mit Maiglöckchenduft erfüllte. Andererseits kam es ihm vor, als spiele Franziska nur die Franziska, die sie sich wünschte zu sein. Es wäre ihm lieber gewesen, sie würde niemanden nachahmen, sondern sich die Zeit nehmen, um herauszufinden, wer sie wirklich sein wollte und wer sie war. Doch das tat sie nicht. Sie passte sich lieber gleich ihrer neuen Umgebung an. Der Nachbarin. Dem glänzenden Parkett. Den Originalbeschlägen. Den hohen Wänden mit Stuckverzierungen. Coordt fürchtete, sie würde in ein gefährliches Tief stürzen, sollte Majtken ihr aus irgendeinem Grund den Halt nehmen, den sie ihr gerade bot.

Einmal, sie lagen im Bett, Franziska las gerade noch ein paar Seiten eines Krimis, versuchte Coordt, es ihr zu sagen. Er hatte nicht vor, an ihr herumzunörgeln oder sie zu kritisieren. Er wollte sie nur vor der Versuchung warnen, die er in Majtken sah. Vor allem aber wollte er die Frau zurückhaben, die er geheiratet hatte. Die Frau *vor* der neuen Wohnung und *vor* Frieder. Die, mit der er Galerien besucht hatte, um dort heimlich eine ihrer Zeichnungen zu deponieren; die, mit der er mitten in der Nacht durch den Schnee gestapft war, weil sie die Ersten sein wollten, die ihre Spuren in ihm hinterließen; die, die sich zwar schon immer dafür interessiert hatte, was gerade en vogue war – er konnte sie den Begriff extra nasal aussprechen hören –, aber ihren eigenen Stil entwickelt hatte, den Franziska-Stil, nicht nur, was ihr Aussehen betraf, sportlich-elegant, sondern auch, wie sie sich bewegte, tänzelnd, wie sie redete, überlegt, und wie sie lachte, laut und frei heraus; die, mit der er geträumt hatte, einmal ein Haus voller bunter Wände und Kinder zu haben; die, die gesagt hatte, sie habe vor nichts und niemandem Angst – was nicht stimmte, wie er im Laufe ihrer Beziehung erlebte, vor allem, als sie mit Frieder schwanger geworden war.

»Fanni?«

»Hm?«

»In dem Nachthemd könntest du glatt in die Oper gehen.«

Sie legte das Buch zur Seite, sah an sich hinab, dann zu Coordt.

»Ach ja? Aber nicht ins Bett?«

»Nein, so meinte ich das nicht.«

Sie hob das Buch wieder vors Gesicht. »Na dann … danke für das Kompliment.«

»Es ist nur …«

Wieder legte sie das Buch ab, eine Augenbraue hochgezogen. »Also doch ein Aber! Nun sag schon, was du mir sagen willst! Ich mag es nicht, wenn du rumeierst.« Sie lächelte ihn an.

»Rumeierst?«

»Ja.« Sie lächelte immer noch.

Coordt richtete sich auf. »Wann eiere ich denn rum?«

»Ständig in letzter Zeit. Du schleichst durch die Wohnung, als seist du ein leidiger Gast. Du sitzt nachts in der Küche rum und starrst auf Bobos Zimmertür. Ich sehe dir an, dass du sie am liebsten aufreißen würdest, um zu sehen, was er macht. Und traust dich doch nicht. Du projizierst alle Ängste, die du entwickelt hast, seit ich meine abgelegt habe, auf ihn und unternimmst nichts dagegen. Eigentlich hast du nur Angst davor, nicht mehr alles kontrollieren zu können. Nicht bewusst, das will ich damit nicht sagen, du gehörst auch nicht zu den Kontrollettis dieser Welt, du bist ja einer von den Guten. Es hat wohl damit zu tun, dass du dich sorgst, ich könnte in meinem Leben mehr wollen als nur ein Butterbrot. Aber ich liebe Butterbrote. Sehr sogar.«

Das Lächeln wie flüssiger Honig.

»So siehst du mich also? Als Butterbrot?« Coordt konnte nicht glauben, was er hörte.

»So sehe ich dich, seit ich mit Majtken gesprochen habe.«

»Warum redest du mit ihr über mich?«

»Weil du zurzeit zu mir bist, wie du bist.«

»Wie bin ich denn?«

»Zurückweisend. Du sagst, du freust dich, dass ich in Majtken eine Freundin und Arbeitgeberin gefunden habe, und verziehst dabei das Gesicht.« Sie zog die Mundwinkel nach unten. »Ich trage ihren Schmuck, und du verlierst kein Wort darüber. Ich frage mich, was du mir damit sagen willst.«

Coordt sah sie an. »Nichts«, antwortete er.

Franziska blätterte um in ihrem Buch, las demonstrativ weiter. Er stand auf und verließ den Raum.

Auf dem Sofa fühlte Coordt sich mies. Er hatte sich kindisch benommen. Er drückte das Gesicht ins Kissen, schämte sich. Morgen. Morgen würde er noch einmal das Gespräch mit ihr suchen. Sie hatte ja recht. Er hatte ihr etwas sagen wollen und es nicht getan. Aber doch nicht, weil er zu feige war. Wie oft hatte er sich bemüht, sie zufrieden zu stimmen. Nichts hatte geholfen. Aber kaum kam Majtken, blühte sie auf. Das verletzte ihn. Dass sie das nicht bemerkt hatte?

Er hatte Majtken einmal kurz kennengelernt – und ihr Auftreten nicht gemocht. Selbstbewusst und extravagant war sie, hip angezogen, nie ohne auffallende Sneaker. Früher hatten Franziska und er sich oft über die Statussymbole von anderen amüsiert, vor allem dann, wenn sie so eindeutig gleichförmig waren wie bei einer Gruppe von Teenagern, die ihre Zugehörigkeit durch Jeans mit Löchern an den Knien und bis zum Hintern hängende Rucksäcke der gleichen Marke ausdrückten. Coordt musste an die Hochzeit seines Chefs vor ein paar Jahren denken, zu der er als einziger Mitarbeiter eingeladen worden war. Die Sonne glitzerte auf dem Ammersee, während sein Chef mit einem Säbel Champagnerflaschen köpfte.

Es war eine schöne Feier gewesen, ausgelassen. Und dennoch waren Franziska und Coordt sich fehl am Platz vorgekommen. Alle an der weiß gedeckten Tafel trugen Rolex – als wären diese Uhren Bänder, die zum Eintritt zu diesem Fest berechtigten. Sie blitzten in der Sonne wie die kleinen Wellen auf dem See. Immer wieder hatten Coordt und Franziska sich gegenseitig gekniffen, weil sie es kaum fassen konnten. Und jetzt schien es seiner Frau plötzlich zu gefallen, sich in dieses Viertel einzufügen wie ein Chamäleon.

Er stand vom Sofa auf, ging in die Küche, setzte sich auf seinen bewährten Platz mit Blick auf das Zimmer des Mannes. Licht drang unter der Tür hindurch, malte einen Streifen aufs Parkett. Rumeiern. Er schlug mit der Hand auf den Tisch, erhob sich, ging auf das Zimmer zu, bereit, gegen die Tür zu klopfen.

»Coordt!«

Franziska war hinter ihm im Flur. Er drehte sich um.

»Was?«

»Du willst doch jetzt nicht etwa da rein?«

Er stemmte die Fäuste in die Hüften, ließ aber sofort wieder von dieser Haltung ab. Er wollte keinesfalls beleidigt wirken.

Franziska streckte die Hand nach ihm aus. »Nun komm schon. Mach dich mal locker. Morgen fährst du nach Frankfurt. Ich möchte mich nicht mit dir streiten, und dann bist du ein paar Tage weg. Du doch auch nicht, oder?«

Ihre Blicke trafen sich.

Coordt zögerte. Er wollte ihr nachgeben, konnte es aber nicht. Er schüttelte den Kopf.

In Frankfurt bekam Coordt nur das Hotel am Bahnhof und die Messehallen mit. Sonst nichts. Es störte ihn. Er hatte sich vorgenommen, wieder mehr in Ausstellungen zu gehen. So wie früher, als es diese Freiräume für ihn noch gab. Deswegen hatte er sich im Vorfeld eine Ausstellung im Museum für Moderne Kunst herausgesucht, Cady Noland. Er mochte die Farbfeldmalerei ihres Vaters sehr. Zwar hatte er keines seiner Werke je im Original gesehen, aber er besaß einen Katalog mit seinen Circle Paintings. Sie erinnerten ihn an die bunten Zielscheiben, die er mit Erik massenweise angefertigt hatte, um mit Pfeil und Bogen auf sie zu schießen, lange war es her.

Aus dem Museumsbesuch wurde allerdings nichts. Er hatte sich im Datum geirrt. Abgesehen davon jagte ein Termin den anderen, weshalb Coordt sowieso zu erschöpft gewesen war, um sich noch in die Stadt aufzumachen. Er fühlte sich krank. Schon am Tag seiner Ankunft hatte er gespürt, dass etwas mit ihm nicht in Ordnung war. Die Nase tropfte. Aber das war nicht das Problem. Er fröstelte. Sicherlich hatte er erhöhte Temperatur. Und hinter der Stirn verspürte er jene Art von Druck, die jeden Moment stärker zu werden und ihn auszuknocken drohte, wenn er sich nicht schonte. Das kannte er schon. Nicht einmal mehr Grüne Soße mit hart gekochten Eiern und Salzkartoffeln hatte er gegessen, nur den Messefraß, wie sein Chef es nannte: labbrige Brote, Pommes frites, Würste und irgendetwas, das asiatisch sein sollte und es nicht war.

Jetzt stand Coordt auf dem Gehsteig gegenüber der Wohnung und blickte nach oben in den dritten Stock. Die Vorhänge in Bobos Zimmer waren zugezogen. Dicker, dunkler Stoff. Im Wohnzimmer hingegen brannte Licht. Ein Fenster war gekippt. Er sah Franziskas Schatten und freute sich auf sie und Frieder – und auf ein ruhiges Wochenende, an dem er sich würde auskurieren können.

Coordt klingelte, bevor er den Schlüssel ins Schloss steckte. Er hatte nicht angerufen, um Franziska zu sagen, wann er in München ankäme. Er hatte davon geträumt, seine Familie zu überraschen und dass seine Frau mit Frieder auf dem Arm auf ihn zugerannt kam, ihn umarmte und sagte, wie schön es sei, ihn wieder daheim zu wissen. Lang waren ihm die vier Tage in Frankfurt erschienen. Zu lang.

Als Coordt in den Vorraum trat, rannte Frieder in der Tat auf ihn zu, o-beinig, als formte die Windel seinen Gang. Coordt fühlte eine angenehme Wärme in sich aufsteigen. Nur vier Tage, dachte er, und trotzdem waren die Bewegungen seines Sohnes sicherer geworden. Er hatte gerade noch Zeit, den Rollkoffer beiseitezuschieben, die Jacke an den Garderobenhaken zu hängen und in die Knie zu gehen, schon stürzte Frieder sich in seine Arme.

Der Kleine roch gut. Wie ein frisch gebackener Keks. Coordt war froh, wieder da zu sein. Angekommen.

»Wo ist Mama?«, fragte er.

Frieder zeigte in Richtung Wohnzimmer, kleine, warme

Hand. Coordt nickte, nahm seinen Sohn hoch. »Dann wollen wir sie mal begrüßen.«

Er hatte Franziska etwas mitgebracht. Vom Hauptbahnhof in München. In Frankfurt war er nicht mehr dazugekommen. Es war nur eine Geste, süß und klebrig, so, wie Franziska es mochte. Coordt hatte eine Tüte voll bunter Gummischnüre in der Eingangshalle gekauft, für acht Euro. Wucher, hatte er gedacht, als er nach den passenden Münzen in seinem Geldbeutel suchte.

In der U-Bahn stellte er sich vor, wie Franziska die Schnüre um die Zeigefinger wickeln würde, um dann Stück für Stück von ihnen abzubeißen, während im Fernsehen irgendeine skandinavische Krimiserie liefe. »So habe ich mir das Fingernägelkauen abgewöhnt«, hatte sie ihm erklärt, als Coordt zum ersten Mal mit dieser Vorliebe konfrontiert worden war.

Coordt hoffte, die Schnüre würden Franziska versöhnlich stimmen. Versöhnlicher zumindest als an dem Tag, an dem er von München weggefahren war. Da war die Stimmung zwischen ihnen unentschieden gewesen. Weil er beleidigt das Schlafzimmer verlassen hatte. Weil sie ihn mit Majtkens Augen gesehen hatte – und bewertet. Weil es ihn störte, dass sie verlangte, er solle sich locker machen, wo sie doch alles andere als locker war – jedenfalls über einen langen Zeitraum hinweg. Weil er ihr Friedensangebot ausgeschlagen hatte. Weil sie sich auch am nächsten Morgen nicht ausgesprochen hatten, was den Abschied nicht besser gemacht hatte.

»Also tschüss dann.«
»Ja, tschüss.«
»Gute Zeit euch.«

»Dir auch.«

»Ich melde mich.«

»Ja, mach das.«

Franziska war so aufgebrezelt gewesen wie noch nie. Die Nägel lackiert. Die Hacken hoch, sogar in der Wohnung, was Coordt nicht nachvollziehen konnte. Aber er hatte kein Wort darüber verloren. Bloß keinen weiteren Unmut kurz vor der Abfahrt. Wenn er seine Beobachtung der chamäleonartigen Anpassung in der Nacht vor seinem beleidigten Abzug losgeworden wäre, hätte er vermutet, dass sie ihn mit ihrem Aufzug nun extra ärgern wollte. Doch er hatte nichts gesagt. Und Franziska machte dort weiter, wo sie aufgehört hatte – schick, teuer, hoch hinaus.

Franziska saß auf dem Sofa, eine Decke über den Knien. Ein Glas Wermut in der Hand. Neben ihr thronte Bobo. Der edle Stoff seiner Anzughose schimmerte im Licht der Stehlampe. Sie sahen Coordt an. Zwei Köpfe, eine Drehung. Ihre Blicke hätten unterschiedlicher nicht sein können. Erstaunen und Freude.

»Was machen Sie hier?« Der Druck hinter Coordts Stirn stieg.

»Ich mache Ihrer Frau ein Angebot.«

»Was für ein Angebot?«

»Himmel oder Hölle.« Ein Grinsen breitete sich in dem Gesicht des Mannes aus. Coordt setzte seinen Sohn ab, fuhr ihm durchs Haar, legte so viel Ruhe wie möglich in die zärtliche Geste. Doch Frieder war noch nicht bereit, sich absetzen zu lassen, und klammerte sich an das Bein seines Vaters.

»Lassen Sie uns bitte allein«, sagte Coordt zu dem Mann.

»Wir haben eine Vereinbarung.« Er sagte es nicht laut, eher zischend, er hatte nicht vor, Frieder noch weiter zu verunsichern. Dennoch fing Frieder an zu weinen. Kein Aufmerksamkeitsweinen. Ängstlicher.

Coordt ging in die Knie, drückte seinen Sohn fest an sich, hielt dabei schützend die Hand über seinen Kopf. Frieders Locken weich und bauschig.

Der Mann stand auf. Langsam entfaltete sich seine Körpergröße. »Entspannen Sie sich! Alles ist dehnbar, wie Sie wissen.« Er grinste immer noch, als er an Coordt vorbeiging und auf den Flur zusteuerte.

Franziska blieb auf dem Sofa sitzen, die Decke über den Knien. Sie wirkte nachdenklich, aber nicht feindselig, und so, als ob die Begegnung normal sei, fast alltäglich. Coordt wunderte sich darüber, wollte in dem Moment aber keine Diskussion eröffnen. Nicht so beginnen nach vier Tagen Frankfurt. Nicht mit Kopfschmerzen. Nicht gleich nach seiner Ankunft. »Ich bringe Frieder zu Bett«, sagte er stattdessen.

Franziska sah ihn an, nickte. Erst dann stand auch sie auf, gab dem Kleinen einen Gutenachtkuss. »Wollen wir doch sehen, ob er sich heute mal von mir lösen kann.« Sie strich über Frieders Wange, gleich darauf über Coordts. »Vermisst hat er dich jedenfalls sehr. Er hat oft nach dir gefragt.«

»Und du?«

»Ich auch.«

»Danke«, sagte Coordt.

»Wofür?«

»Dass du das sagst.«

»Danke auch.«

»Wofür?«

Sie zeigte auf die Tüte mit den Gummischnüren.

Er lächelte, reichte sie ihr. Dann drehte er sich mit Frieder auf dem Arm um und verließ *When I was just a little girl* singend das Wohnzimmer.

Als Coordt gerade mal eine halbe Stunde später wieder aus dem Kinderzimmer trat, setzte er sich neben Franziska aufs Sofa. Genau auf den Platz, auf dem der Mann sich zuvor aufgebaut hatte.

»Das ging aber schnell«, sagte sie und zog mit den Zähnen eine grüne Gummischnur vom Finger.

»Ja. Ich bin auch überrascht. Und glücklich.« Er klemmte Franziska eine Locke hinters Ohr, die sofort wieder nach vorne sprang.

»Vielleicht solltest du öfter für ein paar Tage wegfahren, damit das weiterhin so gut klappt zwischen Frieder und dir«, sagte sie.

»Besser nicht, sonst denkt Frieder noch, der Mann sei sein Vater.«

»Ha ha.« Sie zog eine weitere Schnur aus der Tüte, gelb.

»Schon merkwürdig. Seit Wochen treibt mich die Vorstellung um, der Geist könnte unbemerkt sein Zimmer verlassen und in unser Familienleben eindringen. Und dann, kaum bin ich weg, sitzt er neben meiner Frau und lässt einen merkwürdigen Spruch ab, der mich an das erinnert, was er bei der ersten Wohnungsbesichtigung von sich gegeben hat.«

»Was hat er da gesagt? Das hast du mir noch gar nicht erzählt.« Jetzt klemmte sie sich die Locke hinters Ohr. Diesmal hielt sie.

»Nicht so wichtig.«

Franziska sah ihn scharf an.

»Er hat gesagt, er würde mir das Leben zur Hölle machen, wenn ich hier einziehe. Und irgendetwas mit Feuer. Dass ich es zu spüren kriegte oder so.«

»Oder so?«

»So ziemlich genau so.«

»Deshalb hast du dir also Sorgen gemacht. Jetzt verstehe ich es endlich.«

»Tut mir leid, ich wollte dich nicht beunruhigen.« Coordt fuhr sich mit der Zunge über die Zähne, verspürte das Bedürfnis, sich den Belag wegzuputzen. Er hätte in der U-Bahn keine dieser klebrigen Schnüre essen sollen.

»Er ist krank«, sagte Franziska mit gedämpfter Stimme.

»Ich weiß.«

»Wie, du weißt das?«

»Die Vermieterin hatte etwas angedeutet. Aber ich habe es nicht ernst genommen, weil sie es selbst nicht ernst genommen hat. Das war alles sehr seltsam.«

Franziska neigte den Kopf. »Gibt es sonst noch was, das du mir verschwiegen hast?«

Coordt verneinte.

Sie rückte den Kopf wieder gerade. »Er meinte, er habe nicht mehr lange zu leben. Sechs Monate, maximal.«

Das ist ja ... also ... Warum erzählt er dir das?«, fragte Coordt.

»Wegen dieses Angebots, von dem er sprach.«

»Himmel oder Hölle – meinst du das?«

»Er sagte, die Wohnung gehöre jetzt ihm. Er habe sie seiner Frau abgekauft. Die Nachricht, dass es ihn bald nicht mehr gebe, habe sie wohl gnädig gestimmt, weshalb sie endlich in den Verkauf einwilligte, den sie ihm jahrelang verwehrte.«

»Verstehe ich nicht.«

»Was?«

»Das klingt, als hätte seine Ex-Frau eben erst von seiner Krankheit erfahren. Hat sie aber nicht, sonst hätte sie es mir gegenüber doch nicht erwähnt. Warum sollte sie ihm ausgerechnet jetzt die Wohnung verkaufen? Das ergibt doch keinen Sinn.«

»Ich sage dir nur das, was er mir gesagt hat.«

»Ich weiß. Und ich sage dir nur das, was ich denke.«

»Jedenfalls meinte er noch, er habe Geld, aber damit könne er seinen Tod auch nicht mehr hinauszögern, er könne ihn sich nur verschönern, und zwar hier, wo sein Zuhause sei. Nirgendwo anders als hier«, sie zeigte mit dem Zeigefinger auf den Boden vor sich, »wolle er sterben.«

Während Franziska den Zeigefinger zurückzog, sah Coordt die Frau mit dem langen Hals vor sich. Wie sie einen Koffer mit Geld zuklappte, sich aufrichtete und durch die Kassettentüren mit Originalbeschlägen davonging in ihr grünlich getöntes Leben.

»Hat er auch gesagt, was das für uns bedeutet?«

Franziska stand auf, stellte sich ans gekippte Fenster, schloss es. »Ja, er sagte, das Endgültige verändere auch die Härtesten in der Welt. Er habe stets gut gelebt. Aber es gebe niemanden nach ihm. Die Zeit sei reif, jemanden an seinem finanziellen Glück teilhaben zu lassen. Daher werde er keinen Eigenbedarf anmelden und uns rausschmeißen. Obwohl ich gar nicht weiß, ob er das überhaupt dürfte. Aber ganz egal. Es ist jetzt seine Wohnung.«

Coordt stand ebenfalls auf, stellte sich neben seine Frau. »Wow, damit habe ich jetzt nicht gerechnet, nicht nach diesem Himmel-und-Hölle-Unsinn vorhin.«

»Das war noch nicht alles.« Franziskas Stimme leiser nun.

»Was noch?«

»Er sagte, er brauche jemandem, der ihm helfe, wenn er sich nicht mehr um sich selbst kümmern könne, und er denke da an mich.«

»Er will, dass du seine Pflegerin wirst?«

»Ja. Im Gegenzug schenkt er mir die Wohnung, sobald er tot ist. Nur sein Bereich soll für immer leer stehen.«

Coordt lehnte die Stirn an die kühle Scheibe. Nass glänzte das Grau der Straße, auf der vereinzelte Blätter lagen. Aus einer der gegenüberliegenden Häuser trat ein Junge auf den Gehweg. Weiße Mütze, großer Bommel. Er lief zum ersten Parkscheinautomaten, drückte immer wieder den Knopf für das Ticket. Kurz darauf stand eine Frau im Eingang des Wohngebäudes. Ebenfalls weiße Mütze, großer Bommel. Offensichtlich die Mutter des Kindes. Sie ging auf den Jungen zu, stellte sich neben ihn, beobachtete das Spiel am Automaten. Es dauerte eine Weile, dann erschien ein Mann im Eingangsbereich. Er blickte sich um, entdeckte die weißen Mützen, hob die Arme. Coordt sah das Lächeln in seinem Gesicht, während er sich hinter die Frau und das Kind stellte und eine Münze in den Schlitz warf.

Coordt drehte sich zu Franziska hin, sah ihr in die geschminkten Augen.

»Sind das seine einzigen Bedingungen?«, fragte er.

Franziska öffnete den Mund, holte Luft. Ihre Zähne so weiß und makellos wie die Wände der Wohnung. Nur an einer Stelle klebte ein Stück rote Gummischnur.

Da tauchte der Mann im Türrahmen auf. Er antwortete für Franziska: »Sie ziehen aus, solange ich hier lebe. Sie dürfen weder Ihre Frau noch Ihren Sohn hier besuchen.

Was Sie außerhalb dieses Gebäudes machen, ist Ihre Sache. Aber wenn ich aus dem Fenster schaue, will ich Sie nicht sehen. Auch nicht hinter einem Baum oder einem Auto oder von Weitem. Falls Sie sich dazu entschließen sollten, die Wohnung nicht zu verlassen, mache ich Eigenbedarf geltend, dann müssen Sie alle gehen, und Ihre Frau wird die Wohnung nicht erben. Es ist Ihre Entscheidung.«

Der Mann wedelte mit einem gelblichem DIN-A4-Papier. Coordt ging auf ihn zu, nahm ihm das Papier aus der Hand und trug es zu Franziska, legte es vor sie auf den Fenstersims. VERTRAG war darauf zu lesen. In Großbuchstaben. Und ihre beiden Namen. Mit Füller geschrieben. An einer Stelle musste die Tinte noch nicht ganz getrocknet gewesen sein. Ein schwarzer Fleck bedeckte den oberen Rand der ersten beiden Buchstaben. Ein Notartermin stand wohl auch schon fest, notiert auf einem kleinen quadratischen Klebezettel. Neongrün leuchtete er, quer auf den Vertrag gepappt. Die Kanzlei befand sich gleich um die Ecke.

»Hast du etwa schon eingewilligt?«, sagte Coordt und deutete auf den Notartermin.

»Nein, natürlich nicht«, flüsterte Franziska.

Coordt drehte sich zu dem Mann um. »Wieso?«, fragte er. »Was haben Sie davon, wenn ich weg bin? Wir könnten Sie gemeinsam pflegen … begleiten.«

Der Mann räusperte sich. »Nein.«

»Aber weshalb?«

»Weil sich die Gelegenheit dazu bietet. Weil ich die Macht dazu habe. Weil ich die Illusion brauche, eine Tochter zu haben, so wie ich es mir immer gewünscht habe. Suchen Sie sich was aus!«

Dass sie alle auszogen, kam für Franziska nicht infrage. Sie hatte endlich eine Arbeit gefunden, die ihr gefiel, nicht nur eine, die vereinbar war mit ihrer Lebenssituation. Sie liebte es, morgens in Majtkens Laden zu gehen und nachmittags Frieder von der Krippe abzuholen, in der schon Majtkens Kinder gewesen waren und in die nun Frieder eingewöhnt wurde. Alles befand sich in der Nähe. Das wollte sie nicht aufgeben. Sie sagte, es wäre idiotisch. Es klettere sich leichter die Leiter rauf als runter. Coordt habe es einfacher. Für ihn habe sich beruflich nichts geändert, obwohl er Vater geworden sei. Er solle doch nur an Frieder denken, wenn schon nicht an sie. Sie würden nie wieder eine solche Wohnung kriegen. Gepflegt, gehoben, bezahlbar, so viel Platz. Erst recht nicht in so einem Viertel.

»Es ist doch nur für ein paar Monate.«
»Woher willst du das wissen?«
»Bobo hat es gesagt.«
»Wieso glaubst du ihm? Was ist, wenn er gar nicht stirbt? Also nicht so bald.«
»Ich will ihm glauben. Verstehst du? Und wir haben einen Vertrag.«
»Ja, aber wir haben doch gesehen, wie er mit Vereinbarungen umgeht. Und abgesehen davon steht in dem

Vertrag nur drin, dass du die Wohnung kriegst, wenn er tot ist. Es steht nicht drin, wann er tot ist.«

»Coordt!«

»Was? Darum geht es doch. Oder warum willst du dich sonst darauf einlassen?«

»Für die Zukunft. Für unsere Zukunft.«

Coordt atmete hörbar aus. »Ich weiß nicht, Fanni, ich habe kein gutes Gefühl dabei. Er will einen Keil zwischen uns treiben, siehst du das nicht?«

»Das kann er doch gar nicht.«

»Aber er versucht es, und ich habe keine Ahnung, wieso. Ich kann nachvollziehen, dass er sich jemanden wünscht, der bis zum Schluss für ihn da ist. Ich kann auch verstehen, dass er sich *dich* wünscht, das würde ich auch, wäre ich an seiner Stelle. Aber das erklärt nicht, weshalb ich ausziehen muss, weshalb er mich von meiner Familie trennt. Das ist … das ist krank.«

»*Er* ist krank, ja. Es verändert einen eben, wenn man weiß, dass man nicht mehr lange zu leben hat –«

»Keine Frage, Fanni. Nur muss man deswegen zum Sadisten werden? Da stimmt doch was nicht.«

»Ich weiß, dass es dir schwerfällt, seine Bedingung zu akzeptieren. Aber am Wochenende muss ich nicht für ihn da sein. Da kann ich mit Frieder zu dir. Und es ist ja nicht so, dass wir uns unter der Woche nicht sehen können. Nur eben nicht hier, in der Wohnung.«

»Warum verteidigst du ihn?«

Franziska nahm seine Hand. »Ich will nicht ihn verteidigen, sondern das Angebot. Ich denke an die Chance auf Eigentum.«

»Mehr als an mich? An uns?«

»Wenn ich an die Wohnung denke, denke ich automatisch an uns. Daran, wie wir hier leben werden, glücklich, mit Platz für ein zweites Kind. Ein drittes sogar, wenn wir wollen.« Jetzt küsste sie seine Hand. »Ich will diese Wohnung haben, Coordt. Ich will diese Chance nicht an uns vorbeiziehen lassen. Ich bin ein Heimkind, vergiss das nicht.«

Coordt wusste, dass Franziska wusste, dass sie ihn damit hatte.

»Wir sehen uns doch trotzdem. Und freitagabends kommen wir dann sofort zu dir. Natürlich ist dir das alles nicht geheuer. Aber es ist nur für eine gewisse Zeit. Bitte sei vernünftig und lass uns das gemeinsam angehen. Unterschreib den Vertrag. Gebrochen ist er schnell, wenn wir merken, es geht nicht.«

Ein weiterer Kuss.
Warme Lippen, kalte Nasenspitze.

In München fand Coordt auf die Schnelle keine Wohnung. Dafür im Landkreis, Neubiberg, knapp zwanzig Kilometer von seinem Sohn und seiner Frau entfernt. Möbliert, eineinhalb Zimmer, Kochnische. Zentral und ruhig. In der Nähe der S-Bahn und des Schopenhauer Waldes. Zur Arbeit brauchte er etwa eine halbe Stunde. Genauso lang wie zuvor. Nur dass er nicht mehr mit dem Fahrrad fuhr. Dafür war ihm die Strecke dann doch zu weit.

Jeden Abend nach dem Büro nahm er die U-Bahn zum Spielplatz unweit der Wohnung. Das hatten sie so ausgemacht. Ein Wochenendvater zu sein, als hätten sie sich getrennt, war für Coordt keine Option gewesen. Auch nicht für Franziska. Jeden Tag wollten sie sich sehen. Frieder sollte nicht glauben, Coordt hätte ihn verlassen. Er war zu klein, um zu verstehen, was vor sich ging.

Seit Coordt nicht mehr bei seiner Familie lebte, kam es ihm vor, als wüchse Frieder schneller. Vor allem sein Gesicht veränderte sich. Von Tag zu Tag entfaltete es sich mehr zu dem eines kleinen Jungen, weg vom Ungeschlechtlichen.

Auch fremdelte Frieder wieder. Wie ganz zu Anfang, in den ersten Monaten nach seiner Geburt. Sobald Coordt auf ihn zulief und ihn begrüßen wollte, sah sein Sohn zu Boden oder drückte sich an die Beine seiner Mutter. Coordt durfte ihn nicht anfassen. Oft noch nicht einmal ansehen, ohne dass er zu weinen anfing. Er fragte sich, ob das Frieders Art der Bestrafung für seinen Auszug war. Oder ob der Mann dahintersteckte. Er wusste nicht, wie viel Bobo mit seinem Sohn zu tun hatte, ob er versuchte, ihn zu verwöhnen, indem er ihm teure Geschenke machte, die auch Franziska gut fand, weil er sie in dem kleinen Spielzeugladen um die Ecke gekauft hatte – Bauklötze mit natürlichen Ölen behandelt oder ein Hörspielgerät aus Holz mit vielen Knöpfen zum daran Herumdrehen. Oder ob er schlecht über Coordt redete, dem Jungen gar etwas einredete, damit Frieder sich von seinem Vater entfernte.

Franziska schien ihm seine Gedanken anzusehen und versuchte, die Situation herunterzuspielen. Sie sagte, Frieders Verhalten habe nichts mit seinem Auszug oder mit Bobo zu tun. Auf diese Idee solle er bitte nicht kommen. Frieder kriege Bobo kaum mit, und auch Bobo interessiere sich nicht für ihren Sohn. Sie versicherte Coordt, Frieders vermeintliche Abneigung gegen ihn sei nur eine Entwicklungsphase. Lange werde es nicht mehr dauern, dann werde Frieder nichts mehr von ihr wissen wollen, sondern nur noch von ihm. Zumindest erzählten sich das die Mütter in der Krippe. Irgendwann löse der Vater die Mutter ab. Es sei immer das Gleiche. Er könne darauf vertrauen.

»Wirst schon sehen!«

Coordt war klar, dass sie alles daransetzte, ihn zu beschwichtigen. So legte sie auch jedes Mal, wenn sich Frieder von ihm abwandte, ihre Finger in seine. Sie war anschmiegsam, zärtlich, drehte an seinem Ehering. Die Nägel glatt und lang.

Er hätte nachfragen können, nicht lockerlassen. Er tat

es nicht. Es fiel ihm leichter, sich ihre Bilder anzusehen als seine. Diese würden früh genug wieder aufblitzen, dann, wenn Franziska mit Frieder zurück in die Wohnung ging und ihn allein ließ. Aber er nahm sich vor, seinem Sohn in Zukunft etwas mitzubringen, um ihn hinter den Beinen seiner Mutter hervorzulocken. Was der Mann kann, kann ich besser, sagte er sich. Ein kleines Polizeiauto, das blinkte und Geräusche machte, würde Frieder gefallen. Und Franziska würde sich bestimmt über einen Ring freuen. Den letzten hatte er ihr zur Geburt geschenkt. *Der Ring des Frieder* hatte sie ihn genannt und vors Gesicht gehoben, um den kleinen eingefassten Diamanten genauer zu betrachten. Jetzt würde er etwas weniger Klassisches wählen, sie mit etwas Besonderem überraschen. Ja, das würde er tun. Ein Ring, an dem sie sich festhalten könnte, bis sie wieder gemeinsam unter einem Dach lebten.

We sleep together in the dark
but confuse
light with love

Ein Vers, der Coordt im Kopf herumging, sobald seine Frau und sein Sohn in die Seitenstraße eingebogen waren und das Licht aus den Fenstern der umliegenden Wohnungen auf den Asphalt fiel.

Der November kam, und nun dunkelte es schon, wenn sie sich nach der Arbeit trafen. Coordt verließ das Büro inzwischen eineinhalb bis zwei Stunden früher als normalerweise. Anders wäre es nicht möglich, seinen Sohn unter der Woche wenigstens für eine gute halbe Stunde zu sehen, bevor der Kleine ins Bett musste. Dafür saß Coordt schon um kurz nach sieben an seinem Platz und schrieb erste E-Mails an seine Kolleginnen und Kollegen, damit auch alle in seiner Abteilung mitbekamen, wie früh er da war.

Sein Chef hatte Verständnis gezeigt, als er ihm die Situation erklärte. Mit der Wahrheit nahm Coordt es dabei nicht so genau. Er konnte sich nicht vorstellen, dass jemand sie verstehen würde. Er verstand sie ja selbst nicht. Er hatte nur zugestimmt.

Als Coordt die U-Bahn-Treppe nach oben nahm, wehte ihm ein frischer Wind entgegen. Er blieb stehen, zog die Jacke enger um sich. Die umliegenden Bäume streckten sich im Wind. Sie trugen kaum mehr Blätter.

Coordt versuchte, die Stadt um sich herum mit den Augen eines Fremden zu betrachten. Er mochte, was er sah. Die Menschen kamen ihm vertraut vor, als hätte er sie alle schon einmal gesehen. Obwohl viel los war, verspürte er keine Hektik.

Am Spielplatz hingegen herrschte Aufbruchstimmung.

Die Kinder mussten heim. Das Abendprogramm stand bevor, baden, essen, Zähne putzen. Eilig wurden Sandspielzeuge zusammengesucht, die Hosen abgeklopft, die Snackdosen verstaut. Eine Ungeduld lag in der Luft. Kinder weinten und quengelten. Die Müdigkeit. Die Dunkelheit. Der scharfe Wind und die Feuchte der einbrechenden Nacht. Kaltweiß warfen die Straßenlaternen ihr Licht auf die Wege. Modrig roch das Laub. Es hatte viel geregnet in letzter Zeit.

Frieder wollte immer nach Hause, wenn alle gingen. Er gehörte nicht zu den Kindern, die kein Ende fanden. Er brachte alles, was ihm gehörte, zum Buggy, verstaute es eigenständig im Einkaufskorb zwischen den Rädern. Franziska ermunterte ihn, ruhig noch ein wenig zu spielen. Wie ein Großer. Sie wollte das Beste aus der Situation herausholen und Coordt und Frieder die Zeit geben, die Bobo ihnen genommen hatte.

Coordt wusste es zu schätzen, er wusste allerdings auch, dass sie nicht länger auf der grünen Bank sitzen wollte, das einsame, hölzerne Wipptier vor sich und den Sandkasten mit vergessenen Förmchen darin, die Frieder aufklaubte und wieder wegwarf, als handele es sich um Abfall. Es war klar, dass seine Frau heimwollte, es war spät für Frieder. Coordt verstand das. Auch er wollte nicht hier draußen sitzen, sondern lieber drinnen, am gemeinsamen Abendbrottisch, auf dem eine Portion Spaghetti Carbonara dampfte oder Kürbiscremesuppe oder ein paar Würste mit Kartoffelbrei. Doch er sagte nichts. Wenn sie sich abends nicht mehr hier träfen, könnte er seine Familie nur am Wochenende sehen, als hätten sie sich nicht nur räumlich getrennt, sondern als liebten sie sich nicht mehr oder als hätte sich zumindest einer von ihnen entliebt.

Das wollte er nicht.

»Ihr könnt auch mal unter der Woche bei mir übernachten«, schlug er Franziska vor.

»Und wie soll das gehen?« Sie sagte es schnell, aber ohne jede Angriffslust. »Ich muss zur Arbeit. Frieder in die Krippe. Das ist zu stressig. Frieder bringt das nur durcheinander. Lass uns bitte bei unserer Vereinbarung bleiben. Abends hier, auf dem Spielplatz, und Samstag und Sonntag verbringen wir gemeinsam.«

»Ich könnte Frieder in die Krippe bringen. Die S-Bahn-Verbindung ist gut. Es wäre nur eine Übergangslösung, bis er tot ist.«

Franziska stand auf. Sie verschränkte die Arme vor der Brust. Ihr Blick zerschnitt die Luft.

»Ich mag es nicht, wenn du herzlos bist.«

»Das wäre ich, wenn ich mir wünschte, er würde lange leben. Ich will wieder mit euch zusammen sein. Ihr fehlt mir. Das ist nicht herzlos.«

»Wir waren uns doch einig. Und du warst auch schon wieder guter Dinge, oder?« Sie hob die Hand, zeigte auf den Ring an ihrem Finger. Er hatte ihn auf der Homepage des Schmuckladens in Wien entdeckt, vor dem ihm Franziska erstmals ihren eigentlichen Berufswunsch anvertraut hatte. Er war stolz gewesen, den Laden über Google Maps gefunden zu haben, obwohl er sich weder an den Straßennamen erinnerte noch daran, wie das Geschäft hieß. Er hatte sich von einer Gasse durch die nächste geklickt und war tatsächlich irgendwann vor dem Schaufenster gestanden, durch das sie damals auf die ausgestellten Schmuckstücke geschaut hatten, Arm in Arm.

Nicht nur den Ring fand er besonders, diese beiden sich

beinahe berührenden, fein gearbeiteten Hände aus rötlich gelbem Gold, auch das Signal, das er Franziska gab, als er ihr verriet, bei welcher Schmuckwerkstatt er ihn bestellt hatte.

Dass er den Ring unter dem Button *Freundschaftsringe* entdeckte, hatte er ihr allerdings nicht verraten. So wollte er das Schmuckstück nicht gedeutet wissen.

»Du bist doch wieder guter Dinge?«, fragte Franziska noch einmal.

Coordt nickte. Sie hatte recht. Er hatte zugestimmt. Sie hatten x-mal durchgesprochen, wie sie die Zeit gestalten würden, in der er nicht bei ihnen lebte. Es war lästig, immer wieder mit dem gleichen Thema anzufangen und Veränderungen einzufordern. Doch sobald er vor Franziska stand, konnte er nicht anders. Es war wie ein Drang, alles infrage zu stellen. Er vergaß auch die guten Vorsätze, die er gefasst hatte: sich die Situation zunutze zu machen, um wieder mehr Sport zu treiben, zu laufen, so wie früher. Wie oft hatte er sich seit Frieders Geburt Zeit für sich allein gewünscht. Und jetzt, da er sie hatte, wusste er nichts mit ihr anzufangen.

Sie trat einen Schritt an ihn heran. »Halte durch, ja?« Die Stimme flehend und fordernd.

Coordt sah seiner Frau an, dass sie fror und genug von dieser Diskussion hatte. Er zog die Jacke aus, hielt sie ihr hin. Sie winkte ab, nahm stattdessen Frieder hoch, beugte sich zu Coordt vor, gab ihm einen Kuss. »Es ist spät geworden, Zeit zu gehen.«

Frieder drehte sich von ihm weg, vergrub das Gesicht im Schal seiner Mutter.

Oft blieb Coordt noch am Spielplatz, nachdem die beiden sich verabschiedet hatten. Er wischte mit den Schuhen den Sand, der über die Begrenzung hinausgeschüttet worden war, zurück in den Sandkasten. Es gab stets eine Krähe, die ihn dabei beobachtete. Sie wartete im Geäst eines Baums, bis das Gatter hinter dem letzten Kind zugefallen war, dann flog sie aufs Dach des Kletterturms, zog von dort aus ihre Kreise in Richtung Coordt. Es war ihm, als lauerte sie nur darauf, endlich allein mit ihm zu sein. Irgendwann fing Coordt an, mit ihr zu reden. Die Krähe neigte den Kopf zur Seite, öffnete den Schnabel, ohne einen Laut von sich zu geben. Coordt konnte sich nicht entscheiden, ob es eine Geste des Angriffs oder der Zuneigung war. Doch das war nicht wichtig, solange der Vogel friedlich blieb. Wenigstens fühlte er sich mit ihm weniger einsam.

Die Krähe stolzierte langsam über den Sand, blieb hie und da stehen, beäugte Coordt. Da fing er an, den Vogel nachzuahmen. Er legte die Hände auf den Rücken und drehte ein paar Runden um den Sandkasten. Es war die Zeit, in der er die Ruhe zu nutzen begann. Er dachte nach. Meistens landete er in der Vergangenheit – in Barcelona, dem Ziel ihrer ersten gemeinsamen Reise.

Er erinnerte sich gut an den heißen Nachmittag, an dem er erstmals auf der großen Terrasse ihres Hotels Platz genommen hatte. Tisch Nummer neun, er sah das Schildchen mit der eingravierten Ziffer deutlich vor sich. Das Meer war von dieser Seite aus nicht zu sehen. Aber er konnte es riechen. Eine angenehm frische Böe blies ihm ins Gesicht. Er atmete tief durch, sog die salzige Luft in die Lunge. Die Sonnenstrahlen zeichneten durch eine Wasserkaraffe regenbogenfarbene Kringel auf die Tischdecke. Am wolkenlosen Himmel flogen zwei Möwen, ließen sich treiben.

Kurz darauf trat Franziska vor ihn hin. Rot verbrannt waren ihre Arme, die Schulter. An manchen Stellen schälte sich die Haut. Weiße Ränder, wie Salzkrusten. Sie hatte sich nach ihrem ersten heftigen Streit in die Sonne gelegt, ungeschützt.

Coordt konnte nicht mehr sagen, worum es gegangen war. Er wusste nur noch, dass er wegen irgendeiner Banalität begonnen hatte und am Ende prinzipiell geworden war. Klanglos die Worte, die er in seiner Zurückschau aus Franziskas Mund fallen sah. Ihr Anblick nach dem Streit hingegen war ihm lebhaft im Gedächtnis geblieben – und das Wissen darum, dass sie nicht nur die Fähigkeit besaß, sich selbst zu verletzen, wenn sie wütend war, sondern es auch in Kauf nahm. Da ahnte er, dass er sie würde beschützen müssen.

»Tut das nicht weh?«, fragte er und zeigte auf den Sonnenbrand.

»Nein.«

Blick an ihm vorbei.

»Darf ich dich trotzdem eincremen?«

Sie zog den Stuhl zurück und setzte sich ihm gegenüber hin.

»Ich hatte mal eine Puppe, die ich eincremte, bevor ich mit ihr in die Sonne ging«, begann sie. »Sie hatte im Rücken ein Fach, in das ich bunte Miniaturschallplatten einlegen konnte. Jede Farbe bedeutete eine andere Gefühlsregung. Bei Rot weinte sie, bei Grün lachte sie.«

Mehr sagte sie nicht auf der Terrasse, und Coordt war das Gefühl nie losgeworden, dass sie ihm das erzählt hatte, damit er sich die Moral aus der Geschichte selber zog. Bis heute fragte er sich, ob es ihm leichter fallen würde, seine Frau zu verstehen, wenn er sie gefunden hätte, die Moral.

Eine Bewegung des Beins.
    Knirschender Sand.
    Schwarzer, rauschender Flügelschlag.

Weihnachten verbrachten sie bei Coordts Eltern. Ganze drei Wochen. Seine Mutter und sein Vater wussten nicht, wie ihnen geschah. Normalerweise hielt er sich bei ihnen nicht länger als zwei Tage auf. Dann wurde es ihm zu viel. Oft fuhr er übereilt ab, im Bauch eine diffuse Wut. Er ertrug es nicht, wie sein Vater mit seiner Mutter redete. Der genervte Ton. Die Selbstverständlichkeit, mit der er ihr seinen speckigen Nacken zuwandte, sobald er seine Ruhe wollte.

Noch weniger allerdings ertrug Coordt, dass seine Mutter alles so hinnahm. Dass sie das mürrische Verhalten über sich ergehen ließ, etwa wenn sein Vater über das zähe Fleisch meckerte, das sie ihm vorgesetzt habe, nur um wenigstens einmal am Tag gemeckert zu haben. Lustmeckern nannte der Vater das und legte oft mit einem Witz auf ihre Kosten nach, bis sie verschämt mit der Hand durch die Luft wischte, als könne sie die Demütigungen wie eine Stubenfliege verscheuchen.

Seine Eltern ergänzten sich auf eine Weise, die Coordt zutiefst zuwider war. Die Nähe zwischen ihnen, das war ihm auf einer Autofahrt nach München klar geworden, bestand aus der Überheblichkeit seines Vaters und der Demut seiner Mutter und aus ihrem stillschweigenden Einverständnis, dass das die Basis ihrer Beziehung bildet. Ob jemals Liebe eine Rolle gespielt hatte? Coordt konnte es sich nicht vorstellen.

Lange Zeit hatte er sich gefragt, warum ihn die Atmosphäre bei seinen Eltern bedrückte und sie ihm tagelang nachhing. Warum er nicht akzeptieren konnte, wie sie miteinander umsprangen. Es war nicht sein Leben. Und zu ihm waren sie gut. Zumindest nicht gemein oder ignorant. Sie hatten ihr Bestes gegeben. Das musste er zugeben. Doch es gelang ihm nicht, sich gegen das dunkle Gefühl zu wehren, das ihn einnahm, sobald er in ihrer Nähe war. Es kam ihm vor, als finge ihn in seinem Elternhaus ein dicker Nebel ein, und er hatte keine Chance, ihn aufzulösen. Daher reiste er schnell wieder ab.

Immer wieder schwor er sich, mehr Zeit zwischen den Besuchen vergehen zu lassen. Zweimal im Jahr, das musste reichen. Seine Eltern gar nicht mehr zu sehen, stand nicht zur Debatte. Er hatte nicht vor, sie zu verletzen.

Franziska verstand Coordts Problem nicht. Sie sah nichts von dem, was Coordt wahrnahm. Sie empfand seine Eltern als eingespieltes Team. Dass sein Vater manchmal schroff war, nun gut, das komme vor in dieser Generation. Und dass seine Mutter sich nicht gegen seine Schroffheit wehrte, interpretierte sie als Gewohnheit und auch als Zeichen dafür, dass seine Mutter nichts davon an sich heranließ. »Immerhin seid ihr eine Familie.«

Franziskas Gelassenheit seinen Eltern gegenüber hatte Coordt bereits bei ihrer ersten familiären Zusammenkunft überzeugt. Wer es dort aushielt, war richtig in seinem Leben. Das war lange bevor er selbst Franziskas Mutter zum ersten Mal begegnet war.

Franziska mochte das kleine, efeubewachsene Haus mit

dem großen Garten und dem Hängesessel aus Rattan, den die graue halb blinde Katze für sich beanspruchte. »Es ist gut hier.« Das sagte sie oft. Sie freute sich über die Hühner, die fast jeden Morgen für frische Eier sorgten. Vor allem aber gefiel ihr der Blick ins Grüne und dass die Ostsee nur eine Viertelstunde von der Haustür entfernt lag. Sie bestand auf lange Spaziergänge. Der salzige Wind sei gut für ihre Haut und wohltuend für Frieders Lunge, die viel zu früh viel zu viel von den Abgasen am Mittleren Ring abbekommen habe.

Es war das erste Mal, dass Coordt den Aufenthalt bei seinen Eltern genoss. Wegen Frieder. Endlich konnte er ihn wieder erleben und nicht nur für ein paar Stunden sehen. Am meisten hatte er die Zeit am Morgen mit ihm vermisst. Coordt war ein Frühaufsteher, eine Lerche, wie Franziska behauptete, während sie sich als Eule bezeichnete, weil sie glaubte, abends mehr Energie aufbringen zu können als bei Sonnenaufgang. Coordt hielt nichts von dieser Typisierung des Schlafs. Für ihn war seine Frau weder das eine noch das andere.

Frieder und er hatten kurz vor seinem Auszug ein schönes Morgenritual entwickelt. Sie spielten Basketball mit den knusprig-runden Haferflakes, die Coordt frühstückte. Sein Sohn warf ziemlich gut für sein Alter, fand er. Und Frieder fand das auch. Er quiekte vor Freude, sobald er in die Müslischüssel traf.

Aber auch die gemeinsame Zeit, wenn Coordt von der Arbeit nach Hause kam, fehlte ihm. Frieder hatte oft auf ihn gewartet, weil er wusste, was folgen würde, sobald Coordt die Schuhe ausgezogen und die Jacke verstaut hatte.

Flugzeugabsturz ins Bett. Frieder liebte es, kopfüber in die aufgebauschte Bettdecke gesteckt zu werden. Er konnte nicht genug davon kriegen. Jetzt gab es solche Momente nur noch am Wochenende. Viel zu selten, auch weil Frieder stets eine Weile brauchte, bevor er seinen Vater an sich heranließ.

Coordts Eltern konzentrierten sich mit großer Hingabe auf ihren Enkel. Seine Mutter ließ ihn einen Küchenschrank voller Plastikschüsseln aus- und wieder einräumen, während sie dem Kleinen einen Kakao zubereitete. Sein Vater warf ihm den Fußball zu, den Frieder versuchte zu fangen. Die Freude über ihren Enkelsohn schien die Überheblichkeit seines Vaters zu schmälern und die Demut seiner Mutter erträglicher zu machen.

Über den Mann verlor Coordt kein Wort. Auch nicht, dass Franziska und er getrennt lebten, ohne sich getrennt zu haben. Es fiel ihm nicht schwer. Er konnte sich nicht daran erinnern, wann er seinen Eltern zuletzt etwas erzählt hatte, das seine Gefühle betraf. Es ging immer nur um Fakten.

»Franziska und ich heiraten.«

»Meine Frau erwartet ein Kind.«

»Frieder ist geboren.«

»Wir sind umgezogen.«

»Mir wurde in der Firma mehr Verantwortung übertragen.«

Coordt erklärte, der Besuch sei wichtig für Frieder. Sein Sohn solle die Möglichkeit haben, eine Bindung zu seinen Großeltern aufzubauen, gerade weil sie Hunderte Kilometer voneinander entfernt lebten. Außerdem habe er in diesem Jahr gleich drei Wochen am Stück Urlaub nehmen können. Das sei sonst eher selten möglich.

Seine Eltern nickten. Sie freuten sich darüber. Und wie so oft fragten sie nicht weiter nach.

Es dauerte fast zwei Tage, bis Frieder sich wieder an Coordt gewöhnt hatte und von alleine auf ihn zukam. Coordt hatte es ihm leicht gemacht. Im Wohnzimmer lockte er seinen Sohn mit der graubeinigen Katze. »Komm, streicheln!« Und draußen mit den Hühnern. »Wollen wir sie füttern?« Mindestens einmal am Tag ging er mit ihm spazieren, zeigte ihm den Hafen und die Kreuzfahrtschiffe. Sie beeindruckten Frieder am meisten. Er streckte den Finger aus, rief andauernd »da, da, da«, der kleine Körper in Aufruhr vor Begeisterung. Coordt hob seinen Sohn hoch, damit er noch mehr sehen konnte. Frieder schlug die Ärmchen um seinen Hals, bedankte sich auf seine Weise.

Coordt war glücklich. Endlich hatte er bei Frieder wieder den Anschluss gefunden, den er seit seinem Auszug glaubte verloren zu haben.

Franziska hingegen nutzte die Zeit für sich und zog sich auf das Wohnzimmersofa zurück. Sie nahm ihren Krimi zur Hand und sagte, sie müsse unbedingt weiterlesen, wissen, wer der Täter sei, unter der Woche komme sie nie dazu, und Frieder tue es gut, seinen Vater exklusiv zu haben. Da wolle sie sich gar nicht einmischen.

»Quality time!«

Coordt wusste, was sie meinte. Doch der Ausdruck missfiel ihm. Er klang nach Arbeit, nicht nach Familie. Aber in der Tat war es leichter für ihn, etwas allein mit Frieder zu unternehmen, als wenn Franziska mit dabei war. Frieder orientierte sich sonst sofort an seiner Mutter. Sie war die Nummer eins. Andererseits hatte Coordt sich gewünscht, sie würden mehr als Familie erleben. Was sie kaum taten. Franziska verbrachte mehr Zeit mit Lesen und dem Kraulen der Katze als mit ihm und Frieder.

Immer wieder ging sie spazieren. »Geh nur kurz ums Haus.« Coordt wusste, was das zu bedeuten hatte. Sie hatte ihm gesagt, sie würde mindestens einmal am Tag mit Bobo telefonieren müssen, auch wenn eine Hilfskraft für die Zeit ihrer Abwesenheit organisiert war. Sie hätten es so vereinbart, immerhin habe sie freibekommen, das sei nicht selbstverständlich, er kenne ja den Vertrag.

»Es fällt mir schwer, das als großzügig zu bezeichnen«, hatte Coordt geantwortet.

»Das hat auch niemand behauptet. Und das erwartet auch niemand von dir. Aber du kannst dich trotzdem freuen, dass wir drei Wochen am Stück gemeinsam bei deinen Eltern verbringen dürfen«, hatte sie gesagt und ihm über den Unterarm gestrichen. Ihre Aussage stimmte ihn versöhnlich.

Manchmal beobachtete Coordt, wie Franziska von ihrem Buch aufsah und verstohlen zu ihm und Frieder herüberblickte und ihr gemeinsames Spiel verfolgte. Dabei erhellte sich ihre Mimik. Es geschah unverstellt, wie Coordt zu erkennen glaubte.

Mit jedem Tag ihres Aufenthalts bei seinen Eltern verlor ihr Gesicht an aufgetragener Farbe. Es begann bei den Lippen, kurz darauf folgten die Augen. Nicht mehr lange, und sie würde wieder aussehen wie sie selbst.

Ungeschönt schön.

An Silvester gingen Coordts Eltern vor zwölf Uhr ins Bett.

»Uns gibt das nichts mehr.«

Draußen krachten die ersten Böller. Kinder, die keine Geduld mehr hatten oder bald schlafen gehen mussten. Der beißende Geruch von Schwarzpulver hing bereits zwei Stunden vor Mitternacht in der Luft.

»Das verstehe ich«, sagte Franziska und lächelte seine Eltern an, wünschte ihnen eine gute Nachtruhe, sofern das bei dem Lärm möglich sei. Das Babyfon leuchtete bei jedem gezündeten Böller rot auf, fing an zu rauschen.

Franziska machte sich auf dem Sofa lang. Dicke Wollsocken reichten bis über ihre Waden.

»Alles in Ordnung?«, fragte Coordt und trat an sie heran.

»Ich schließe nur mal kurz die Augen. Könnte sein, dass ich was ausbrüte. Der Hals kratzt ein wenig, aber nicht schlimm.«

»Zum Glück.«

Sie schloss die Lider. Feine, blaue Äderchen. Coordt gab ihr einen Kuss auf die Stirn, dann ging er zum Kühlschrank. Er wollte erst das alte Jahr mit ihr begießen, bevor sie auf das neue anstießen. Für Franziska hatte er Champagner kalt gestellt. Er selbst bevorzugte heimisches Bier. Geschmack seiner Jugend. Aber er wollte seiner Frau eine Freude bereiten. Nach dem Wermut hatte sie Schaumweine für sich entdeckt. Vor allem Crémants, extra trocken. Majtken trinke auch immer welchen zum Aperitif, hatte sie mit Bewunderung erzählt.

Der Korken flog gegen die Deckenlampe. Coordt hatte nicht mit so viel Druck gerechnet. Es rasselte, als die Splitter der Glühbirne zu Boden fielen.

Franziska erschrak von dem Knall. Wie ein Klappmesser schnellte sie vom Sofa hoch. »Ist es schon so weit?«

»Nein, nein, es ist noch Zeit«, sagte Coordt, und Franziska legte sich wieder hin, zog die Socken noch etwas höher über die Waden.

Draußen auf der Straße krachten immer mehr Böller. Knallfrösche, Kanonenschlag. Das Babyfon leuchtete tiefrot. Ein Wunder, dass Frieder nicht wach wurde und Franziska die Lautstärke nicht nervös machte.

Coordt holte Handbesen und Schaufel unter der Spüle hervor, fegte damit den Boden. Hauchdünn waren die Glassplitter. Er sah nach oben zur Hängeleuchte, auf das silbern schimmernde Metall. Seit seiner Kindheit hing die Lampe schon dort. An einer Seite war noch gut die Delle zu erkennen, die er beim Fußballspielen in der Küche zusammen mit Erik verursacht hatte. Am Gewinde der Glühbirne standen Scherben ab.

Er ging aus den Knien hoch, streckte die Hand aus, drehte behutsam die Leuchte aus der Fassung. Langsam trat Blut aus der Schnittwunde, rötete den Handballen. Bis dahin hatte er die Verletzung gar nicht bemerkt.

Er zündete zwei Kerzen an, schenkte ein. Hoher Kelch, schlanker Stil. Schaum lief über den dünnen Rand, tropfte auf den Fuß des Glases und auf die Arbeitsplatte. Coordt legte ein Blatt Papier von der Küchenrolle darüber, sah dabei zu, wie sich die Flüssigkeit ausbreitete und die Grenzen eines fiktiven Landes in das Saugpapier einschrieb.

Als er seiner Frau den Champagner ans Sofa brachte, war sie eingeschlafen. Es schlug zwölf, während er eine Decke über sie breitete und die Jalousien im Wohnzimmer herunterließ. Falls Frieder trotz des Feuerwerks durchschlief, sollte Franziska das Licht des Morgens nicht zu früh wecken.

Er prostete sich zu, wünschte sich selbst ein geschmeidiges neues Jahr.

Kurz nach Neujahr fuhren sie zurück. Bei Minusgraden. Die Wolken hingen tief und waren so dunkel wie der Fahrbahnbelag der A7.

Coordt wollte über Bobo reden. Er hatte sich das Thema extra für die Rückfahrt aufgespart, um die Zeit in Kiel friedvoll zu verbringen. Er hatte nicht gewollt, dass sie vor seinen Eltern diskutierten und sie dadurch etwas von ihrer ungewöhnlichen Situation mitbekämen. Je weniger seine Eltern über ihn wussten, desto leichter fiel es ihm, den Urlaub dort zu genießen.

Coordt war klar, dass Franziska keine Lust auf das Gespräch haben würde. Sie hatte mehr als nur einmal gesagt, wie sehr es sie anstrenge, immer wieder die gleiche Diskussion mit ihm führen zu müssen. Sein Egoismus verärgere sie, auch wenn sie seine Ungeduld verstehe. Und trotzdem: Er sei nicht der Einzige, der ein Opfer bringen müsse. Abgesehen davon falle es ihr schwer, mit ihm über einen Sterbenskranken zu reden. Coordt solle nicht glauben, dass ihr seine Genugtuung entgehe, sobald er hörte, wie schlecht es um Bobo stehe.

Coordt war klar, er musste einen geeigneten Zeitpunkt erwischen, wollte er von Franziska wenigstens ein bisschen über Bobo erfahren. Es ging ihm dabei nicht um den Mann selbst, klar, sein Gesundheitszustand interessierte ihn natürlich schon, aber das allein war es nicht. Sobald Franziska über den Mann redete, ihm einen kurzen Einblick in ihren Alltag mit ihm gewährte, fühlte sich Coordt ihr nahe, näher als sonst. Er konnte es sich nicht erklären, aber es war, als würde der ihm verhasste Mann eine Verbindung zu seiner Frau herstellen – eine Verbindung, die ihm allein nicht mehr gelang. Da gab es Frieder mit Franziska. Franziska mit Frieder und Coordt. Aber Coordt mit Franziska, das gab es nicht, jedenfalls fühlte er es nicht, obwohl sie drei überwiegend gute Wochen zusammen verbracht hatten, gerade gegen Ende, nachdem Franziska sich ihnen immer öfter angeschlossen hatte und die Wanderung vom Hafen in Strande zum Bülker Leuchtturm ein voller Erfolg gewesen war. Der Wind blies kräftig übers Meer, angenehm klar war die Luft. Was hatten sie sich über Frieder amüsiert, der die Arme ausgebreitet hatte, damit sich der Wind besser in seiner Jacke verfing. Franziska hatte sich bei Coordt untergehakt, und einmal war sie einfach so stehen geblieben, hatte ihn fest umarmt und gesagt, wie gut es ihr tue, hier mit ihm zu sein. Es hatte ihm gefallen, sie das sagen zu hören. Er hatte ihr einen Kuss auf die windkalte Wange gegeben wie zur Belohnung für ihre lieben Worte. Aber der warme Schwall, den er sich in seinem Innersten gewünscht hatte, war ausgeblieben.

Die Fahrt dauerte fast dreizehn Stunden. Mehrmals mussten sie sie unterbrechen. In Hannover blieben sie sogar eine Nacht im Hotel. Es war nötig. Unfälle. Stau. Zum Teil vereiste Straßen. Im Norden Deutschlands war man auf Schnee nicht so gut vorbereitet wie im Süden. Das vergaß Coordt immer wieder. Vor allem aber zwang Frieder sie dazu, nach zweihundertfünfzig Kilometern die Ausfahrt zu nehmen und der blechernen Stimme des Navigationsgeräts in die Innenstadt zu folgen, in der Franziska auf die Schnelle mit ihrem Smartphone ein Hotel für sie klargemacht hatte. In der Nähe vom Klagesmarkt, passend zu Frieders anhaltendem Weinen.

Frieders Gesicht war krebsrot. Er schwitzte. Seine Stimme wie ein Reibeisen. Jeder Versuch, ihn zu besänftigen, scheiterte. Die Trinkflasche schmiss er zu Boden. Selbst das Feuerwehrauto, dessen blinkende Blaulichter und Martinshornlaute ihn so gut wie immer ablenken konnten, landete mit Wucht auf der Konsole.

Irgendwann kletterte Franziska nach hinten auf die Rückbank, schob ihren Pullover hoch und packte ihre Brust aus. Frieder schrie weiter, als sie sich über ihn beugte.

Coordt beobachtete die Situation im Rückspiegel. Er war vom Gaspedal gegangen, hatte sich in der rechten Spur zwischen zwei Lastwagen eingeordnet. Es sah schrecklich ungelenk aus, wie Franziska sich über ihren Sohn lehnte, sich mit der einen Hand an der Kopfstütze festhielt, mit der anderen am Schalenrand des Kindersitzes, damit Frieder mit seinem Mund ihre Brustwarzen erreichen konnte.

»Magst du nicht warten, bis ich bei nächster Gelegenheit anhalten kann?«

Franziska nickte. Frieder schrie. Coordt fuhr wenige Kilometer später auf einen Rastplatz.

Sie stille ihn inzwischen nur noch selten, sagte sie. Gelegentlich in der Nacht, wenn er besonders unruhig war und sie zu müde, um ihn mit Streicheln und Worten wieder zurück in den Schlaf zu führen.

Auf dem Rastplatz dann trank Frieder. Er tat es hektisch.

Immer wieder verschluckte er sich. Kaum setzte er ab, begann er erneut zu weinen. Franziska hielt die Hand an seine Stirn. Sie machte sich Sorgen. Sie waren ihr anzusehen.

»Ziemlich heiß. Irgendetwas stimmt nicht.«

In Hannover fuhren sie als Erstes in die Kindernotaufnahme. Sie kamen sofort an die Reihe.

Der Arzt gab sich gelassen. Nur ein Infekt. Der gehe zurzeit rum. Gegen das Fieber wurden Zäpfchen verschrieben und ein pinkfarbener, dickflüssiger Saft, der nach Kaugummi roch.

Coordt war erleichtert. Franziska auch. Sie nahmen sich an die Hand, während sie gemeinsam den Buggy über den Linoleumboden des Eingangsbereichs der Klinik schoben.

Kaum waren sie im Hotel, fiel Frieder in einen Tiefschlaf. Er atmete laut, schwitzte aber merklich weniger als zuvor. Das Glühen der Stirn hatte abgenommen.

Franziska schaltete den Fernseher an, stellte den Ton mit der Fernbedienung leise. Coordt setzte sich neben sie auf die Bettkante. Er bemerkte ihre Erschöpfung, sah an ihrer Haltung, dass ihr der Rücken wehtat – ihre Schwachstelle, die sich immer dann meldete, sobald sie gestresst war. Coordt kletterte hinter sie, legte behutsam die Hand auf ihre Schulter, massierte ihren Nacken, fuhr langsam Wirbel für Wirbel das Rückgrat entlang. Sie machte sich rund, wenn er sich mit den Fingern ihrem Steißbein näherte, sie streckte sich, sobald er die Richtung änderte.

Hinter ihnen, in der Mitte des großen Lakens, schnaufte ihr Sohn vor sich hin, die Lippen nach vorne gestülpt, die Backen rosig.

Coordt fand, er sah aus wie eine Putte.

Am nächsten Morgen wurden sie von Frieder geweckt. Nicht wie sonst gegen sechs Uhr. Es war neun, als er über sie kletterte und mit seinen Fingern in ihre Gesichter patschte.

Sie hatten verschlafen. Coordt konnte sich nicht erinnern, wann das das letzte Mal der Fall gewesen war. Normalerweise stand er mit Frieder auf, wenn es draußen noch dunkel war. Nicht nur im Winter.

Der Kleine war bestens gelaunt und schien fast wieder gesund zu sein. Kein Schreien. Keine Schmerzen. Nur noch erhöhte Temperatur, die ihn offensichtlich nicht beeinträchtigte. Er lief im Hotelzimmer auf und ab und hatte große Freude an dem Kingsize-Bett, in das Coordt ihn immer wieder werfen musste, während Franziska im Bad stand und sich die Zähne putzte.

Die ruhige Nacht hatte auch ihr gutgetan. Jung sah sie aus. Jünger als normalerweise. Dynamisch sprangen die Locken um ihr Gesicht.

Diesmal schlief Frieder, kaum waren sie auf dem Messeschnellweg. Die Sonne stand tief am Himmel, schräg fiel das Licht auf die Windschutzscheibe voller Schlieren. Coordt wünschte sich, er hätte sie an der Tankstelle sauber gewischt.

Er klappte die Blende herunter, justierte sie so, dass ihn die Sonne nicht mehr störte, und machte leise Musik an, Klassikradio. Frieder liebte Klaviertöne. Auch Klarinette gefiel ihm, so wie Coordt. Kurz vor Göttingen, als er glaubte, Frieder bewege sich leicht in seinem Sitz und könnte bald aufwachen, hielt er es nicht mehr aus.

»Siehst du ihn eigentlich jeden Tag?«

»Wen?«

»Komm schon!«

»Ich sehe ihn vor der Arbeit. Nach der Arbeit. Nachts braucht er mich normalerweise nicht.«

»Wie geht es ihm?«

Franziska schaltete das Radio aus. »Bobo geht es nicht gut. Er hat Schmerzen. Aber er jammert nicht.«

Coordt fuhr schneller. *Aber er jammert nicht.* »Es wird also nicht mehr lange dauern?« Sofort ärgerte er sich über sich selbst. Er wusste, Franziska reagierte allergisch auf seine Ungeduld.

Polizei fuhr an ihnen vorbei, das Blaulicht drehte sich, ohne Ton. Coordt ging etwas vom Gas runter, obwohl er das Pedal am liebsten durchgedrückt hätte. Er schaltete das Radio wieder an. Suchte die Verkehrsnachrichten. Irgendetwas musste passiert sein. Im Rückspiegel ein weiteres Blaulicht. Es war kurz vor zehn Uhr. Unfall auf der A7, Höhe Göttingen, sagte die Stimme aus dem Radio. Schon leuchteten die Bremslichter der Autos in der Ferne.

»Bobo hat mich gebeten, nicht mit dir über seinen Gesundheitszustand zu reden. Das ist eine legitime Bitte, finde ich. Bitte respektiere das auch.«

Coordt sah Franziska an. Sie hatte den Kopf ans Seitenfenster gelehnt. Die Haare fielen in ihr Gesicht, verdeckten fast ihr ganzes Profil.

»Ich wollte mich nur erkundigen, wie es ihm geht, mehr nicht.«

»Nein. Du wolltest hören, dass es ihm schlechtgeht.«

»Touché.«

»Das ist unwürdig. Es ist kein Spiel, Coordt.«

»Nein? Dafür bestimmt er aber ganz schön viele Regeln, findest du nicht? Und jetzt darf ich nicht einmal mehr mit meiner Frau über ihn reden?!«

Ein Notarzt und ein Krankenwagen näherten sich ihnen von hinten. Diesmal mit Martinshorn. Coordt fuhr noch etwas weiter nach rechts, um die Rettungsgasse zu vergrößern. Aber er war noch nicht fertig. »Und abgesehen davon: Weißt du, was unwürdig ist? Dass ich nicht bei euch sein darf.«

Jetzt nahm Franziska den Kopf vom Seitenfenster, sah ihn genervt an. »Natürlich darfst du das. Nur eben nicht in der Wohnung. Wie oft denn noch? Dafür werden wir sie bald überschrieben bekommen. Sie ist unglaublich viel wert, Coordt. Wir könnten uns so eine Wohnung niemals leisten. Nicht in München. Nicht mal mehr am Stadtrand oder weiter draußen auf dem Land. In unseren kühnsten Träumen nicht. Bobo ermöglicht uns ein Leben, zu dem wir selbst niemals imstande wären. Ich empfinde das als großzügig und nicht als unwürdig. Ich möchte ihn nicht hintergehen. Ich kann das nicht.«

Coordt musste abbremsen. Beinahe Stillstand. Nur noch im Schritttempo ging es voran.

»Macht es dir nichts aus, dass uns jemand lenkt, nur weil er etwas hat, das wir haben wollen?«

»Doch, aber ich weiß, wofür es gut ist. Ich halte es aus. Für uns! Hör bitte auf, dich immer wieder aufs Neue hineinzusteigern.«

Sie näherten sich der Unfallstelle. Ein Mann lag am Boden, umringt von zwei Sanitätern. Franziska sah nach draußen.

»Du hast gesagt, wir brechen ab, wenn es nicht geht. Würdest du das noch tun … Für mich?«

Franziska fuhr herum. »Jetzt, nach all der Zeit? Was redest du da? Denk doch mal anders, größer. Coordt, bitte!«

»An was soll ich denn …«

»Denk an Abende, die wir geben könnten mit all deinen Kolleginnen und Kollegen zum Beispiel, deinem Chef, mit dem du so gut kannst, das hätte doch was. Denk an ein kleines Atelier für mich. Stell dir das doch mal vor. Ich mache mich selbstständig, entwerfe und verkaufe meine eigene Schmuckkollektion. Wir könnten Vernissagen ausrichten. Repräsentativ genug ist die Wohnung dafür.«

»Du hast vor, dich selbstständig zu machen?«

»Es ist nur eine Idee von vielen …«

»Nur eine Idee, die nicht wichtig genug ist, um mir von

ihr zu erzählen? Drei Wochen bei meinen Eltern – und kein Wort von deinen Zukunftsplänen?«

»Ein Traum, Coordt, mehr ein Traum als eine Idee oder gar ein Plan. Erzählst du mir etwa von all deinen Träumen?«

»Die Träume, die uns betreffen, ja. Und das ist also dein Traum von uns?«

Diesmal stellte Coordt das Radio aus. Frieder wachte auf, als das Lied verstummte. Mit trockener, heiserer Stimme verlangte er nach seiner Trinkflasche. Franziska reichte sie ihm. Gierig trank er, während er auf die kleinen Autos schielte, die die Flasche bebilderten.

Coordt lag im Bett, aber wie so oft kam er nicht zur Ruhe. Er dachte an das, was Franziska zum Schluss gesagt hatte. Er sah lauter Leute in der Wohnung herumstehen mit Champagnerschalen in der Hand und irgendwelchen Unikaten um den Hals und mit so leuchtenden Sneakern an den Füßen wie die, die Majtken mal getragen hatte – und richtete seinen Blick rasch zu den Astlöchern, die in der Holzdecke über ihm waren. Er begann, sie zu zählen, verband in Gedanken die dunkelbraunen Flecken zu Sternbildern, gab ihnen Namen, obwohl er sich mit Sternen nicht auskannte. Als auch das nicht half, in den Schlaf zu finden, öffnete er das Fenster, ließ frische Luft herein. Das Hygrometer auf seinem Nachttisch zeigte siebenundfünfzig Prozent Luftfeuchtigkeit an.

Von draußen drang das Weinen eines Kindes zu ihm, ein Säugling, vermutete Coordt. Er dachte an Frieder, an seine Geburt, an Franziskas Schwangerschaft. Von Beginn an war es nicht leicht gewesen. Ständig war ihr schlecht gewesen, und sie hatte sich plötzlich und ohne Vorwarnung übergeben. In der Bank, als er gerade Geld abheben wollte, um mit ihr gemeinsam Umstandsmode zu kaufen, in der U-Bahn, kurz nachdem sich die Wagentüren geöffnet hatten, im japanischen Restaurant, in das sie ihn zu seinem Geburtstag ausführte. Nachts durfte er bald nicht mehr neben ihr liegen, wegen ihrer zappelnden Beine. »Wenn ich schon nicht schlafen kann, schlaf wenigstens du. Ich bin anstrengend genug.«

Franziskas Füße schlugen regelrecht aus, kaum dass es Abend wurde. Sie hatte keine Kontrolle mehr über sie, fand nicht in den Schlaf, obwohl sie müde war, vertrieb sich die Nacht mit Fernsehserien und Reisedokumentationen, die sie sich auf ihrem Rechner im Bett ansah. Als Restless-Legs-Syndrom bezeichnete ein Arzt ihr Leiden und meinte, sie dürfe darauf hoffen, dass es sich nach der Schwangerschaft wieder lege. Aber versprechen könne er es ihr nicht. Der Arzt redete so, als gehörten die Beine nicht zu ihr, als seien sie kein Teil ihres Körpers.

Franziska hatte sich Tabletten oder Tropfen gewünscht, irgendetwas, das sie trotz Schwangerschaft zu sich nehmen könnte, um nachts wieder ein Auge zuzukriegen. Doch es gab nichts, was sie dagegen tun konnte. Tagsüber war sie müde, oft gereizt. Trotzdem verbot sie sich den Mittagsschlaf. Sie glaubte, sie könnte sonst nie wieder einen normalen Modus finden. Es war der Beginn ihrer dunklen Phasen.

Im sechsten Monat musste sie nach einer Kontrolluntersuchung bei der Frauenärztin sofort in die Klinik. Der Muttermund war viel zu weit offen. Sie erhielt das neue Ultraschallbild, eine Überweisung und den guten Ratschlag, sich schnellstmöglich zu schonen, damit das Kind nicht zu früh komme. Die Lungenreife sei noch nicht erreicht. Gefährlich. Am besten nicht mehr bewegen, keinen Stress, keine negativen Gedanken, was für Franziska seit den unruhigen Beinen kaum möglich war.

Franziska weinte in den Hörer, als sie Coordt anrief und

ihm berichtete, was los war. Sie bat ihn, ihr eine Tasche mit ein paar Sachen vorbeizubringen, sie fahre jetzt direkt ins Krankenhaus.

Als Coordt sich später zu ihr an den Rand des Betts setzte, trafen ihn ihre Tritte. Also stand er auf, sah sich nach einem Stuhl um, verschaffte sich die Distanz, die ihr Körper einforderte.

Coordt tat die Zeit ohne Franziska in der Wohnung gut. Das hätte er ihr nie verraten. Aber so war es. Er erwischte sich bei dem Gedanken, wie entspannt es ohne sie war. Endlich konnte er wieder im Bett schlafen – die eigene Matratze eine Wohltat. Er hatte immer gern Rücksicht auf seine Frau genommen, aber jetzt, da er sie gut versorgt wusste, genoss er die Freiheit. Morgens machte er Musik an, kochte sich Kaffee, schwarz, zwei große Tassen. Etwas, das er seit der Schwangerschaft nur noch selten tat.

»Wenn ich Kaffee nur rieche …«

Nach zwei Wochen Krankenhaus durfte Franziska wieder nach Hause. Der Muttermund hatte sich stabilisiert. Coordt war froh, dass dem Baby nichts passiert war. Er holte sie ab, eine Tüte Gummischnüre in der Hand, die sie ihm dankend abnahm.

Seit dem Aufenthalt im Krankenhaus war sie gelassener geworden. Sie wirkte weniger angestrengt. Beschwerte sich nicht mehr so viel. Alles an ihr kam Coordt reduziert vor. Die Geschwindigkeit, mit der sie sich fortbewegte oder aß. Tagsüber ruhte sie meistens auf dem Sofa, las einen Krimi oder sah fern. Nachts lag sie im Bett, las weiter in ihrem Krimi oder sah wieder fern.

Sie hatte Coordt erneut ausquartiert.

»Meine Beine, du weißt schon. Tut mir leid.«

Am Tag des errechneten Termins stand Franziska mitten in der Nacht vor Coordt, klopfte ihm auf die Schulter, bis er aufwachte. Dann sagte sie vollkommen ruhig und mit langen Pausen dazwischen:

»Zieh dich an.«

\-----

»Meine Fruchtblase ist geplatzt.«

\-----

»Wir müssen los.«

Coordt setzte sich verschlafen auf dem Sofa auf, schaltete die Stehlampe an, richtete den Lampenschirm so aus, dass das Licht sie nicht blendete.

Franziska drehte sich um, mit beiden Händen hielt sie den Bauch, schlurfte ins gegenüberliegende Bad. Zwischen ihren Beinen tropfte Flüssigkeit.

Auf dem Weg zur Klinik sah sie zum Seitenfenster hinaus in die sternenklare Nacht. Erst kurz bevor sie die Station betraten, blieb sie stehen. »Ich will nicht sterben.« Die Augen groß und flehentlich, doch die Stimme ruhig und genauso monoton wie zuvor, als sie Coordt mitgeteilt hatte, ihre Fruchtblase sei geplatzt.

»Du wirst nicht sterben«, antwortete Coordt darauf und hätte am liebsten über ihren Hang zum Dramatischen gelacht.

»Ich weiß, was du jetzt denkst.«

»Was denn?«

»Dramaqueen.«

Coordt nahm sie in den Arm.

Kurz darauf, vor der Tür zum Kreißsaal, schüttelte Franziska den Kopf. »Ich glaub, ich muss da allein durch.«

»Willst du mich denn nicht dabeihaben, so wie ausgemacht?«

»Ich habe immer gedacht, ja, aber jetzt denke ich, nein. Bitte nicht böse sein.«

Drei Stunden lief Coordt durch den begrünten Innenhof der Klinik, mal kreuz und quer, mal im Kreis. Irgendwann blieb er stehen, legte den Kopf in den Nacken. Eine Sternschnuppe fiel herab, kurz darauf noch eine. Das Firmament war in Bewegung.

Bei jeder Schnuppe wünschte Coordt sich etwas für seinen Sohn: dass er gesund sein möge, dass er mehr von Franziskas Aussehen geerbt habe als von seinem, dass er der Leichtigkeit näherstehe als der Schwere, dass er sich von seinen Eltern geliebt und verstanden fühle, dass das Glück stets bei ihm sei.

Wie er so unter dem blinkenden Himmel stand, hatte er sich der Zeit entrückt gefühlt. Er war an den Rosenbeeten entlanggegangen, hatte nach einer Blüte gegriffen, ein großes, samtenes Blatt abgezogen und es sich wie eine Piratenklappe übers rechte Auge gelegt.

Wehklagen drang aus den hell erleuchteten Fenstern des Gebäudetrakts hinter ihm. Er musste plötzlich an einen Urlaub auf dem Bauernhof mit seinen Eltern denken. An die Kühe, die dort gekalbt hatten, sodass er nicht hatte schlafen können und seine Mutter frühzeitig abreisen wollte.

Ein langer, schmerzerfüllter Schrei war zu hören, das Rosenblatt fiel zu Boden, und Coordt schwor sich, Franziska nichts von seiner Assoziation zu sagen. Er konnte sich nicht vorstellen, dass sie nach dieser beschwerlichen Schwangerschaft jemals darüber lachen könnte.

Er sah wieder nach oben. Ein Flugzeug zog vorüber. Es kam ihm vor, als antwortete es mit seinen Signalen dem Blinken der Sterne.

Coordt schloss das Fenster wieder, und das Schreien des Säuglings verstummte. Ihm war kalt. Und er fühlte sich schuldig. Sie hatten eine gute Zeit gehabt in Kiel, und dann hatte er die Stimmung trüben müssen, weil er wegen des Mannes keine Ruhe geben konnte. Er fühlte sich auch schuldig gegenüber seinem Sohn. Er war nicht bei ihm, obwohl er sich geschworen hatte, ein guter Vater zu sein, keiner, der da war, ohne da zu sein – so wie sein Vater oft.

Coordt wurde unruhig. Er wollte nicht zurück ins Bett. Es zog ihn raus. Er griff nach dem Schlüssel am Haken und nach seiner Jacke, fuhr nach München.

Die Autobahn war leer. Stoisch folgte er den Kegeln der Scheinwerfer. Im Gleichtakt zogen die Fahrbahnmarkierungen an ihm vorbei.

Aus Versehen nahm er die Abfahrt in Richtung Giesing. Das wurmte ihn. Nicht, weil es ein Umweg gewesen wäre. Doch Coordt hätte sich die Anfahrt in die Stadt von dieser Seite gerne erspart. Sie war verbunden mit Erinnerungen an eine Zeit, in der es den Mann nicht gegeben hatte. Und rückblickend kam ihm diese Zeit golden vor. Er drückte aufs Gaspedal.

Schneller als erlaubt näherte er sich den ersten Häusern der Stadt.

Grell der Blitz.

Ein Tritt auf die Bremse.

Das Foto auf dem Bußgeldbescheid würde einen Mann mit verkrampftem Gesichtsausdruck zeigen.

Vor sich sah er die roten Lichter des höchsten Schornsteins der insgesamt fünf Schlote des Heizkraftwerks. Jeden Abend, als sie noch am Mittleren Ring gewohnt hatten, hatte er auf sie geschaut, oft dazu ein Bier getrunken und sich an ihrem Anblick erfreut. Das Fenster zur Straße hin hatte die Schlote eingerahmt. Ein Bild voll urbaner Magie.

Selbstbewusst ragten die Türme in die Luft. Hundertsechsundsiebzig Meter der stolzeste unter ihnen.

Eine halbe Stunde lang suchte Coordt einen Parkplatz. München platzte aus allen Nähten. Am deutlichsten sehe man den Zustrom in die Stadt an den Biergärten, hatte sein Chef gesagt. Die Gemütlichkeit, behauptete er, sei mit jedem Jahr in dem Maße gewichen, wie der Bierpreis gestiegen war.

Coordt stellte das Auto schließlich auf einem Behindertenparkplatz in einer Seitenstraße ab. Um diese Zeit würde schon keine Politesse ihre Runden drehen. Es war halb vier Uhr morgens.

Die Mütze tief in die Stirn gezogen, das Kinn im Schal versteckt, schlich Coordt den Bürgersteig entlang, der zur Wohnung führte. Es war absurd zu glauben, der Mann könne ihn dabei beobachten, wie er ihre Vereinbarung brach. Weder konnte er ihn von der Wohnung aus sehen, noch war es wahrscheinlich, dass er in den frühen Morgenstunden durchs Viertel wanderte, krank, wie er war. Da konnte Coordt das Risiko eingehen. Was hatte der Mann überhaupt davon, wenn er nicht einmal mehr auf der Straße vor der Wohnung sein durfte? Und warum hatte er damals zu seiner Ex-Frau gesagt, er würde ihn mögen, wenn er ihn dann doch vor die Tür setzte und nur Franziska duldete? Suchen Sie sich was aus!, hatte er gesagt mit diesem angeberischen Grinsen im Gesicht.

Jetzt, da Coordt fast da war, hatte er eine diebische Freude daran, die Vorgaben des Mannes zu unterwandern. Der Mann hätte noch mehr fordern können, das wusste er. Oft schon hatte er sich in schlimme Vorstellungen hineingesteigert. Dass Frieder seinen Vater nicht mehr sehen dürfe oder dass Franziska ein Kind von Bobo austrüge, damit er doch noch seine Linie weiterführe. Coordt schüttelte es bei dem Gedanken. Ob Franziska sich darauf eingelassen hätte? Wer würde nicht alles dafür geben, so eine Immobilie zu erben, hatte sie einmal gesagt. Ich würde nicht alles dafür tun, hatte Coordt geantwortet, auch wenn Franziska es nicht hören wollte. Die Wohnung interessierte ihn nicht mehr. Er wollte frei sein. Er sehnte den Tag herbei, an dem Bobos Tod ihn wieder mit seiner Familie zusammenführen würde.

Als er vor dem Hauseingang ankam, ging die Tür auf. Majtken trat heraus, blieb abrupt stehen, starrte ihn an.

»Was machst du hier? Um diese Zeit?«, fragte sie. Ihr Atem kondensierte, bildete eine gräuliche Wolke vor ihrem Mund.

»Das Gleiche könnte ich dich auch fragen«, sagte Coordt leise und beobachtete, wie sich seine Atemwolke mit ihrer vermengte.

»Na ja, ich wohne hier«, sagte sie. »Außerdem konnte ich nicht schlafen, da bin ich raus.«

Coordt nickte. »Ging mir genauso.« Er musterte sie. Die rechte Schulter leicht nach vorne gezogen. Die Wimpern so weiß wie ihr Haar. Klein wirkte ihr Kopf, der nur zur Hälfte aus dem silber-metallic glänzenden Michelinmännchenmantel herausschaute.

Auch Majtken musterte ihn. Er überlegte, was sie sah. Seine Lust, hier herumzuschleichen? Oder einen Idioten, der gerade auf dem besten Weg war, eine Eigentumswohnung mitten in München zu verspielen? Was hatte Franziska noch gleich gesagt? Sie habe ihn mit Majtkens Augen gesehen und erkannt, dass er feige sei. War es feige, hier zu sein?

»Dann ergeht es uns also gleich«, stellte sie fest, ein Funkeln im Blick, das er nicht deuten konnte.

»Sieht so aus.« Er versuchte, gelassen zu wirken. Mit Majtken hatte er nicht gerechnet.

»Und jetzt?«

Coordt hob die Schultern, sagte nichts darauf.

»Jetzt stehen wir da«, meinte sie wieder in diesem feststellenden Ton.

»Wohin wolltest du?«, fragte er.

»Zum Automaten. Zigaretten holen.«

»Ich wusste gar nicht, dass du rauchst.«

»Ich rauche auch nicht.«

»Verstehe … Und die Kinder?«

»Schlafen … Willst du reinkommen?«

Er zögerte.

»Ich werde dich schon nicht verraten.« Sie sah ihn an, lächelte. Er sah es an ihren Augen, die sich zu Sicheln formten, nicht an ihrem Mund. Den hielt sie im hochgeschlossenen Kragen des Mantels versteckt.

In der Wohnung war es warm. Zu warm.

Coordt zog Jacke und Mütze aus, auch den Pullover, nahm am Küchentisch Platz. Eine Schale voll mit Orangen stand in der Mitte. Ein paar Nelken waren in die oberste Frucht hineingesteckt worden, verströmten einen winterlichen Duft.

Die Wohnung war genauso geschnitten wie die, in der Franziska und Frieder jetzt mit dem Mann lebten. Sie war nur nicht saniert. Wände und Boden zeugten von Leben, das im dritten Stock abgeschliffen und übertüncht worden war.

Majtken holte zwei Bier aus dem Kühlschrank, öffnete erst das eine für sich, dann das andere für ihn. Coordt wusste nicht, was er von ihr halten sollte. Seit dem Tag, an dem Franziska wegen ihr ins Schwärmen geraten war, hatte er eine Abneigung gegenüber Majtken entwickelt. Franziska hatte ihm vorgeworfen, er habe nur etwas gegen sie, weil sie ihr eine Perspektive biete und sie glücklich darüber sei. Coordt hatte sich die Kritik zu Herzen genommen. So wollte er nicht gesehen werden. So wollte er auch nicht sein.

Majtken hatte ihm nichts getan. Es hatte an Franziska gelegen, an der Art, wie sie die Begegnung mit ihr überhöht hatte, als wäre Majtken ihre Retterin aus einem Leben, das Franziska so nicht führen wollte und aus dem sie nur mit ihrer Hilfe ausbrechen könnte. Sobald Franziska Majtkens Namen ausgesprochen hatte, war immer auch ein Vorwurf im Raum gestanden. Groß und störend.

»Früher Vogel fängt den Wurm«, sagte Majtken und hob die Flasche an. Sie lehnte an der Küchenarbeitsplatte, noch immer in dem dicken, glänzenden Mantel.

Coordt wunderte sich, dass sie ihn nicht abnahm. Bei Majtkens Anblick wurde ihm warm. Er nickte ihr zu, trank einen Schluck.

»Ich habe gehört, was der Alte da mit euch abzieht.«

Coordt setzte die Bierflasche ab, schob sie in einen Kreis, der sich dunkel auf dem Holz des Tisches abzeichnete und den irgendwann einmal ein heißer Topf hineingebrannt haben musste. Er spürte seinen Puls an den Schläfen pochen. Sie dachte wie er. Sie hatte *abziehen* gesagt. Sie sieht es also auch als problematisch an und nicht nur als Luxusproblem, wie Franziska es einmal benannt hatte wegen des Eigentums, das sie am Ende bekämen.

»Ich hätte nicht gedacht, dass du darüber Bescheid weißt.«

»Das überrascht dich?«

»Ich wäre nicht auf die Idee gekommen, jemandem davon zu erzählen.«

»Das ist traurig. Auch ein wenig seltsam.«

»Wieso macht er das? Was glaubst du?«, fragte er. Er war erleichtert, endlich mit jemandem darüber reden zu können, der nicht Franziska war.

Majtken überlegte, den Blick auf einen unbestimmten Punkt an der gegenüberliegenden Wand gerichtet, die Nase leicht gehoben, sodass sie gerade über den Rand des Mantels hinausragte.

»Vielleicht ist er kein freundlicher Mensch?«

Coordt wollte etwas sagen, doch sie kam ihm zuvor.

»Andererseits will er Franziska die Wohnung schenken, wenn er nicht mehr ist. Das ist sogar überaus freundlich. Und großzügig. Und eigentlich kaum zu glauben. Wenn ich hier nicht einen Uralt-Mietvertrag hätte, ich würde schon lange irgendwo am Stadtrand leben müssen oder noch weiter außerhalb – Grafing, Anzing, Zorneding oder so.«

»Ich hätte es wissen müssen.«

»Was?«

»Dass du es weißt. Du bist Franziska sehr wichtig.«

»Sie mir auch.« Da war es wieder, dieses Funkeln in den Augen. Franziska hatte versucht, es zu übernehmen, kurz nachdem sie Majtken kennengelernt hatte. Jedenfalls war es Coordt so vorgekommen, als seine Frau plötzlich diesen Augenaufschlag hatte, den er zuvor noch nie bei ihr gesehen hatte.

»Das ist schön.« Auch Coordt trank wieder.

»Sie hat gute Ideen, deine Frau. Sie ist eine Bereicherung für meine Schmuckwerkstatt.«

Er sah sie an. »Sie würde sich sehr freuen, wenn ich ihr das erzähle.«

»Aber?«

»Wenn sie wüsste, dass ich hier bin – «, er nahm den Blick von ihr, »sie würde es nicht verstehen.«

»Warum bist du denn hier?«

Ein Schluck.

»Ich komme nicht damit klar, nicht bei ihnen zu sein. Und wenn ich hier bin, dachte ich, geht es mir besser.«

»Und? Hast du richtig gedacht?«

Ein weiterer Schluck.

»Ich verstehe dich. Der Alte ist echt ein Arsch. Aber am Ende gewinnt ihr.«
»Du redest wie meine Frau, wenn auch anders.«
»Und du redest wenig.« Ein Augenzwinkern. Der Mantel raschelte.
»Wie man's nimmt.«
»Noch ein Bier?«
Coordt nickte.

Mehr sagten sie nicht zueinander. Gleichmäßig tickte die Uhr an der Wand neben dem Fenster. Mal nahm Coordt einen Schluck vom Bier, mal Majtken. Als die ersten Geräusche des anbrechenden Morgens zum Abschied drängten, stand Coordt auf. Er verließ die Wohnung, bevor die Kinder erwachten.

Es war Viertel vor sechs, als er den Strafzettel unter dem Scheibenwischer wegzog.

Ein paar Stunden später wachte Coordt auf und fühlte sich schlecht. Als hätte er in der Nacht viel zu viel getrunken. Nur dass er genau wusste, was er getan hatte. Ein erlösender Filmriss wäre ihm lieber gewesen.

Franziska würde ihm nicht verzeihen, dass er zur Wohnung gefahren war und riskiert hatte, von Bobo gesehen zu werden. Und Majtken hat mich dabei erwischt, dachte er und spürte, wie ihm heiß wurde.

Er stand auf, nahm das Smartphone zur Hand, meldete sich in der Arbeit krank. Er tat es ungern, war immer stolz darauf gewesen, so gut wie keine Fehltage zu haben. Sein Chef hatte das auch bei seiner Beförderung erwähnt. Aber jetzt ging es nicht anders. Er musste nachdenken.

Weder Franziska noch der Mann wussten etwas von seiner nächtlichen Aktion. Sonst hätte er es sicherlich sofort erfahren. Majtken hatte zwar gesagt, sie werde ihn nicht verraten. Allerdings war ihm der ironische Unterton nicht entgangen. Konnte er ihr also trauen? Er sah sie in ihrem Michelinmännchenmantel vor sich stehen, strahlend die Augen.

Das Gespräch hatte gut begonnen. Doch dann war es versiegt. Was war nur los mit ihm? Seitdem er ausgezogen war, verhielt er sich anders, als er sich verhalten wollte, und war unfähig, das zu ändern. Wie eine Sucht, dachte er. Dass

Majtken ihm nichts Böses wollte, hatte er gespürt. Außerdem mochte sie Franziska sehr. Majtken würde dem Mann bestimmt nichts von seinem sinnlosen Herumschleichen berichten. Sie hatte ihn einen Arsch genannt. Aber ob sie auch Franziska nichts sagen würde? *Stell dir vor, Coordt war hier. Es geht ihm nicht gut. Kümmere dich mal mehr um ihn als um Bobo.* So etwas in der Art. Es würde ihm gefallen, doch es würde ihre Krise weiter verschärfen. Er musste Majtken anrufen, sich bei ihr vergewissern, dass sie auch wirklich dichthielte. Danach würde er endlich das tun, was er sich auf der Rückfahrt nach Neubiberg vorgenommen hatte: sich in Gelassenheit üben. Sport treiben. Galerien besuchen. Den Kopf frei kriegen. Alles würde gut werden, wenn er nur Geduld aufbringen könnte. Was war er nur für ein Idiot. Der Streit mit Franziska bei der Ankunft – seitdem kam er nicht mehr richtig an sie heran. Sie war genervt von ihm, auch enttäuscht. So hatte sie es ihm gesagt, als sie nach der langen Fahrt vom Norden in München angekommen waren und er darum gebeten hatte, sie möge mit Frieder noch bei ihm bleiben. »Ein bisschen Abstand tut uns gut«, hatte sie geantwortet, »bis du verstehst, worum es geht.« Da war er laut geworden, hatte ihr vorgeworfen, sie würde nicht mehr sehen, was mit ihnen geschieht. Er hatte ihr auch unterstellt, sie würde sich mit Frieder aus ihrer Beziehung schleichen, bis der Kleine zu weinen begonnen und bei seiner Mutter Schutz gesucht hatte.

Franziska war vor Coordt gestanden, eine Hand tröstend auf Frieders Rücken. Sie hatte den Kopf geschüttelt und ihn angesehen, traurig. Dann war sie gegangen, ohne sich zu verabschieden. Und er hatte in dem Moment gewusst, dass etwas zwischen ihnen zerbrochen war. Die Frau, die er weggehen sah, war die gleiche wie die in Barcelona mit der sonnenverbrannten Haut, die keine heilende Salbe zugelassen hatte. Doch statt ihr hinterherzulaufen, hatte er sich zurückgezogen, die Astlöcher in der Decke über seinem Bett angestarrt und seine Wut auf Bobo geschoben, bis ihn der Mann in seiner Vorstellung auslachte.

Majtken. Er musste sie anrufen. Aber er hatte ihre Nummer nicht. Franziska hatte sie. Allerdings konnte er Franziska deswegen nicht kontaktieren. Das Geschäft! Er würde sie im Geschäft erreichen. Coordt sah auf die Uhr. Kurz nach neun. Um halb zehn, das wusste er, machte sie auf.

Er gab den Namen des Schmuckladens in die Suchmaschine seines Smartphones ein, erhielt sofort einen Treffer. Noch eine halbe Stunde, dann würde er mit Majtken reden können. Sich Sicherheit verschaffen. Danach wollte er ein paar Sit-ups machen und weitersehen.

Majtken ging nach dem ersten Klingeln ran.
»Hallo. Ich bin's. Coordt.«
»Hallo. Hast du was bei mir vergessen?«
»Nein. Ich wollte nur mit dir reden.«
Es raschelte am anderen Ende der Leitung.
»Ja? Worüber?«
»Es tut mir leid.«
»Was denn?«
»Dass ich dich in die Geschichte mit hineingezogen habe.«
»Aha. Meinst du nicht, du übertreibst?«
»Und es tut mir leid, dass ich dir das ganze Bier weggetrunken habe.«

Majtken lachte. »Okay, du übertreibst nicht nur, du bist auch noch witzig.«

»Ich meine das ernst.«

»Schon klar.«

»Du hast gesagt, du verrätst mich nicht.«

Wieder lachte Majtken. »Das habe ich gesagt, ja. Rufst du etwa deswegen an?«

»Dann ist es auch so?«

»Können wir später reden? Franziska ist soeben gekommen.«

»Sag mir nur, ob ich mich auf dich verlassen kann. Bitte!«

»Komm vorbei, dann reden wir noch mal.«

Majtken legte auf, noch bevor Coordt etwas sagen konnte. Er hätte gern erfahren, wie sie sich das vorstellte. Und wann. Und wo. Und warum.

Da knallte es draußen. Es hörte sich an wie Schüsse. Zwei hintereinander.

Coordt lief zum Fenster, sah hinaus auf die Straße. Auf dem Gehweg gegenüber seiner Wohnung stand ein Junge mit Zorro-Maske, vielleicht zwölf Jahre alt. Er hatte eine Spielzeugwaffe in der Hand und zielte auf einen Cowboyjungen, der ihm gegenüberstand und die Arme hob. Es war Anfang Januar, bis Fasching noch zu lange hin, als dass die Verkleidung Sinn ergeben hätte.

Coordt sah auf Zorro, auf sein ernstes Gesicht und den ausgestreckten Arm. Dann auf den Cowboy. Er erkannte die Angst, die der Junge in den Augen hatte. Sie floss aus ihm heraus, bildete einen feuchten Fleck in dessen Schritt. Gekrümmt stand der Cowboy da, als hätte ihn die Kugel bereits getroffen.

Coordt öffnete das Fenster, beugte sich, so weit es ging,

hinaus und schrie den Zorro mit der Pistole an, er solle sofort verschwinden. Zorro drehte sich in seine Richtung, fixierte ihn. Dann richtete er ganz langsam, wie in Zeitlupe, die Pistole auf Coordt. Dabei rief er unverständliche Worte, mit einer tiefen Stimme, die Coordt bei dem Jungen nicht vermutet hätte. Der Cowboy blieb in seiner gekrümmten Haltung stehen, machte keine Anstalten wegzurennen. Schreckstarre.

Zorro hatte gewonnen und wusste es.

Coordt schloss das Fenster, ließ den Rollladen herunter, schrieb Franziska eine Nachricht, er habe sich irgendeinen grippalen Effekt eingefangen. Der Hals, der Kopf, die Glieder, alles schmerze. Es sei besser, sie würden ihm erst einmal nicht zu nahe kommen, er wolle sie auf keinen Fall anstecken. Zwar war die Nachricht zwecklos, immerhin hatte Franziska eben erst um Abstand gebeten. Abgesehen davon suchte normalerweise *er* ihre Nähe und nicht *sie* seine. Es wäre stimmiger gewesen zu schreiben, solange es ihm nicht gut gehe, komme *er* ihnen lieber nicht zu nahe. Doch das wollte er keinesfalls tippen.

Coordt musste erst mit Majtken reden, sichergehen, dass sie kein Wort über sein Auftauchen verlieren würde, nicht nur heute, sondern für immer. Erst dann könnte er sich mit gutem Gefühl um Franziska bemühen, ihr zeigen, dass er auch anders konnte. Ein Schritt nach dem anderen. Vielleicht hatte Franziska recht, vielleicht war es gut, erst einmal Zeit vergehen zu lassen, bis sie sich wiedersähen.

Seine Frau wünschte ihm prompt eine gute Besserung, schrieb, er solle sich melden, falls er Hilfe benötige. Coordt schickte ihr ausnahmsweise einmal einen Kuss als Emoji, um Lockerheit zu demonstrieren.

Er beschloss, noch in der gleichen Nacht zu Majtken zu fahren. Wenn er erneut im Laden anrief, könnte es sein, dass Franziska den Hörer abnahm. Das ging auf keinen Fall. Eine Nachricht an die E-Mail-Adresse des Schmuckladens zu schicken, kam ebenfalls nicht infrage. Seine Frau könnte sie lesen. Es gab keine andere Möglichkeit. Er musste es noch einmal wagen.

Gegen Mitternacht machte Coordt sich auf den Weg. Diesmal fuhr er nicht über Giesing, diesmal nahm er die richtige Ausfahrt.

Langsam fuhr er in die Straße ein, hielt kurz an und spähte von seiner Position aus nach oben in den dritten Stock. Alles ruhig. Auch auf der Straße war niemand zu sehen.

Coordt fuhr weiter, drehte mehrere Runden im Viertel, bis er endlich einen Parkplatz fand, ausgerechnet schräg gegenüber von der Wohnung. Eine Frau fuhr in ihrem SUV davon, überließ ihm mit einem freundlichen Nicken die große Lücke.

Erst überlegte Coordt, den Wagen irgendwo anders abzustellen. Doch dann entschied er sich dagegen. Das Gespräch mit Majtken würde nicht lange dauern, und in der Wohnung brannte kein Licht, alle schienen zu schlafen.

Selbst wenn Franziska oder der Mann aus dem Fenster sähen, war nicht gesagt, dass sie ihn erkennen würden, mitten in der Nacht. Außerdem gab ein Baum ihm Schutz, kahl zwar, dafür aber mit breitem Stamm. Und niemand rechnete mit ihm. Das half. Sein Großvater hatte einmal zu ihm gesagt, als er eines Abends als Sechzehnjähriger zu spät und ziemlich angetrunken nach Hause gekommen war und versucht hatte, besonders unauffällig in sein Zimmer zu gelangen, er solle sich lieber weniger anstrengen, leise zu sein, dann würde es auch keiner mitkriegen. Das hatte er sich gemerkt. Sein Großvater war gut darin gewesen, sich unsichtbar zu machen, wenn es sein musste.

Er schaltete den Motor aus, blickte hinüber zum Gebäude. Er konnte sich nicht daran erinnern, die Fenster vor Bobos Zimmer jemals ohne vorgezogene Vorhänge gesehen zu haben. Jetzt waren sie offen. Hineinsehen konnte er allerdings nicht. Schwarz die Scheiben.

Vorsichtig öffnete Coordt die Autotür auf der Gehwegseite. Er schloss nicht ab. Es würde nur orange aufblinken, wenn er den Knopf auf dem Schlüssel betätigte. Das musste nicht sein. Abgesehen davon würden sich die Autotüren automatisch schließen. Spätestens, wenn Majtken ihn einließ. Sie würde ihn doch einlassen? Er musste es versuchen.

Coordt zog die Kapuze über, vergrub das Kinn im Schal. Dann rannte er über die Straße, drückte den Knopf auf der Messingplatte unter dem Namensschild *Blyh*. Er hörte das Klingeln. Doch nichts geschah. Er läutete noch einmal. Wartete. Da ging Licht an. Erst in der Wohnung selbst, dann im Flur, und Majtkens Stimme drang durch die Lautsprecheranlage.

»Wer ist da?«

»Ich bin's, Coordt, lass mich rein.«

»Was machst du schon wieder hier?«

»Lass mich rein. Bitte!«

Der Summer ertönte, und Coordt schob die Tür auf, nahm die paar Stufen bis zu Majtken. Sie stand in einem hellgrünen Nicki-Pyjama in der Wohnungstür, winkte ihn rasch hinein, schloss die Tür hinter ihm.

»Bist du jetzt völlig verrückt geworden?«, sagte sie.

»Du hast doch gemeint, ich solle vorbeikommen.« Er drückte den Rücken durch, machte sich gerade.

»Ja, aber doch nicht heute. Du kannst nicht einfach hier hereinplatzen, mitten in der Nacht und unangekündigt.«

»Tut mir leid. Ich weiß, es ist ein Überfall. Aber ich habe keine Handynummer von dir. Fanni kann ich nicht danach fragen, und im Laden könnte sie meine Nummer am Display sehen. Mir blieb gar nichts anderes übrig, als hier aufzutauchen.«

Vor Aufregung war er lauter geworden. Majtken legte den Zeigefinger an die Lippen. »Pst, die Kinder ... Ich hätte dich schon angerufen.« Ihre Stimme gedämpft. Sie winkte ihn in die Küche. Coordt folgte ihr.

»Hast du noch nie etwas von Geduld gehört?«, meinte sie vorwurfsvoll. »Jetzt kann ich Franziska besser verstehen.«

Er wollte gerade antworten, da hörte er aus einem der Zimmer eine Kinderstimme: »Majen, Majen.«

Coordt sah auf. »Das ist doch Frieder.«

Majtken sagte nichts.

»Majen?«

»Das ist doch Frieder«, wiederholte Coordt.

»Bleib hier!«, sagte Majtken. »Ich erkläre es dir später. Und schön durchatmen, ja?«

Sie drehte sich um, verließ die Küche.

Coordt sah ihr hinterher, wie sie in ihrem hellgrünen Nicki-Pyjama und mit sanften Worten zu seinem Sohn ging. Was macht Frieder hier?, fragte er sich. Er kam sich hintergangen vor. Der Kleine hatte noch nie außerhalb geschlafen, fort von seiner Mutter. Franziska hätte ihn während des Weihnachtsurlaubs selbst seinen Eltern nicht überlassen, damit sie gemeinsam zum Japaner oder Italiener oder einfach nur auf einen Nachtspaziergang hätten gehen können. Und jetzt war Frieder bei Majtken? *Er* hätte auch auf Frieder aufpassen können, wenn sie ihn gefragt hätte. Gut, er hatte gesagt, er sei krank. Aber wo war Franziska? Was tat sie an einem Abend unter der Woche, dass Frieder nicht bei ihr war?

Majtken kam zurück, nickte leicht, zum Zeichen, dass er wieder eingeschlafen war.

»So schnell?«, fragte Coordt und wunderte sich, dass das die erste Frage war, die er ihr stellte, während er eigentlich wissen wollte, was sein Sohn bei ihr zu suchen hatte. Doch er war tatsächlich überrascht, sie so rasch wieder in der Küche zu sehen.

»Ja. Ein Glas Wein?«

»Ja. Wie machst du das?«

»Was?«

»Dass er wieder schläft.«

Majtken schenkte ihm und sich Rotwein ein. »Woanders geht vieles leichter, was zu Hause schwerfällt.«

»Verstehe.«

»Interessant, wie viel du verstehst.« Sie grinste, zog ein Haargummi von ihrem Armgelenk, band ihr Haar zu einem hohen Zopf zusammen.

»Also, was machst du hier?«, fragte sie.

»Die Frage ist: Was macht mein Sohn hier?«

Sie zog einen Stuhl zurück, setzte sich an den Tisch, nickte Coordt zu sich. Er folgte ihrer Einladung, die wie eine Anweisung wirkte.

»Ich passe auf ihn auf.«

»Das sehe ich. Aber warum? Warum ist er nicht bei Fanni – oder bei mir?«

Sie zögerte.

»Majtken! Warum?«

»Sie ist nicht da. Deshalb. Und du bist krank, schon vergessen?«

»Wie? Sie ist nicht da? Was soll das heißen?«

Majtken hob das Glas an.

»Jetzt lass dir doch nicht alles aus der Nase ziehen.«

Sie nippte am Wein.

»Franziska ist mit Bobo unterwegs. Er hat einen Brief von einem engen Freund bekommen. Mehr weiß ich nicht. Nur dass er zu ihm wollte. Könnte ja sein, dass es das letzte Mal ist. Sein Zustand ist nicht der beste.«

»Fanni ist mit ihm ausgegangen?«

»Mensch, Coordt, entspann dich! Was ist denn schon dabei? Fürchtest du, deine Frau geht mit Bobo fremd? Mit einem sterbenskranken Mann, so viele Jahre älter als sie? Ist es das? Falls ja – lächerlich. Falls nein, weiß ich auch nicht, was dein Problem ist.«

Coordt drehte das Glas in seiner Hand.

»Aber warum verheimlicht sie mir das?«

»Ganz ehrlich?«

Coordt sah auf.

»So, wie du reagierst, würde ich es dir an ihrer Stelle auch nicht sagen.«

»Es geht also zwischen den beiden weiter, als ich gedacht habe.«

Sie schob den Stuhl zurück, stellte das Radio im Regal an. Sphärische, elektronische Musik erklang, entführte Coordt in die Zeit, in der er nächtelang mit Erik nach dem Ausgehen vor dem Fernseher gesessen und Space Night geschaut hatte, bis sie eingeschlafen waren. Coordt war fasziniert gewesen von den Aufnahmen aus dem Weltraum.

»Was ist das?«

»FM 4. Sleepless. Höre ich oft, wenn ich nicht schlafen kann.«

»Ist schön.«

»Stimmt.«

Coordt schloss die Augen, lauschte den wabernden, ihn einnehmenden Tönen, sagte nach einer Weile in eine wiederkehrende Klangfolge hinein: »Ich bin nur gekommen, um zu wissen, ob ich auf dich zählen kann oder nicht. Du wirst Fanni nicht sagen, dass ich da war. Da bin?«

Majtken bewegte ihre Hüften im Takt der Musik, die gut zu ihrem silber-metallic glänzenden Michelinmännchenmantel gepasst hätte, weniger zu dem Pyjama aus weichem Nickistoff.

»Erde an Majtken?«

Sie lächelte.

»Ich verrate nichts, wenn du mich nicht verrätst.«

»Was sollte ich denn verraten?«

»Eben. Nichts. Cool down, dann wird alles gut.«

Mit den Fingern bildete sie ein Herz, Daumen an Daumen, Zeigefinger an Zeigefinger, hob es vor ihre Brust, ließ es im unablässig gleichförmig dahinfließenden Synthesizer-Sound pochen, während sie durch ferne Galaxien schwebte und im Spektralnebel verschwand.

Sein Sohn rannte ihm in die Arme, kaum öffnete Coordt am Sonntagvormittag die Tür. Frieder gab ihm einen Kuss nach dem anderen. Auf die Augen, die Stirn, den Mund, die Ohren. Coordt freute sich sehr darüber. Er hatte anderes erwartet: Zurückhaltung und Unsicherheit, wie so oft, wenn er seinen Sohn ein paar Tage nicht gesehen hatte.

Es tat ihm gut, Frieder in den Armen zu halten, seinen kleinen Körper an sich zu drücken, während Franziska ihn ansah und dazu lachte, dass die Locken unter ihrer Mütze wippten. Die Zuneigung und Begeisterung des Kleinen waren ansteckend.

Franziska zog ihren Mantel aus, hängte ihn an den Haken. Neu war er und senfgelb. Er stand ihr gut. Ein angenehm leuchtender Lichtfleck an diesem grauen Tag Mitte Januar.

Coordt hatte ein schlechtes Gewissen. Weil er zur Wohnung gefahren war und Franziska angelogen hatte, dass er krank sei. Eine Woche lang hatten sie sich jetzt nicht gesehen, und er hatte geglaubt, sein schlechtes Gewissen würde unerträglich werden, sobald er seiner Frau in die Augen sähe. Doch so war es nicht. Ihre Anwesenheit verdrängte sein schlechtes Gewissen. Nicht so, dass es verschwand. Aber es zog sich in die Ecke des Zimmers zurück, ausgerechnet dorthin, wo Frieder sofort hinrannte, um nach dem Rettungshubschrauber zu greifen, den Coordt für ihn gekauft und auf dem Spieleteppich bereitgelegt hatte.

»Erst ausziehen!«, rief Franziska Frieder hinterher.

»Lass ihn ruhig. Ich mach das gleich.«

Franziska setzte sich auf die kleine Garderobenbank, streifte sich die Schuhe ab. Mit einem dumpfen Knall fielen sie auf die Fliesen. Die Sohlen zeigten zu Coordt. Ein paar Kiesel steckten im Profil.

»Du siehst miserabel aus«, sagte sie. »Hast du abgenommen? Ich hätte nicht auf dich hören und früher vorbeikommen sollen, um mich um dich zu kümmern.« Ihr Ton klang schuldbewusst.

Coordt hob ihre Schuhe auf, pulte die Kiesel aus der Sohle und hielt die Steinchen in seiner Handfläche, tat so, als müsse er sie wiegen.

»Fünf Stück«, sagte er, »schweres Geschütz.«

Franziska seufzte, konnte sich aber ein Grinsen nicht verkneifen.

»Ich habe vor ein paar Tagen einen Jungen gesehen«, fuhr Coordt fort, »der einen anderen Jungen bedroht hat. Mit einer Pistole.« Er nahm einen der Steine zwischen die Finger, hielt ihn vors Gesicht und inspizierte ihn, ein Auge zugekniffen.

Franziska legte den Kopf schief. »Mir dünkt, du sprichst im Fieber«, sagte sie.

Coordt schüttelte den Kopf, lachte. »Nein, kein Fieber«, unterbrach er sie. »Du hast schon richtig gehört.«

Frieder lief mit erhobenen Armen und lautem Brummbrumm quer durch den Raum auf sie zu. In der einen Hand hielt er den Hubschrauber, dessen Rotorblätter er kreisen ließ.

Coordt schnappte sich seinen Sohn, zog ihm Mütze, Schuhe und Schneeanzug aus, verwuschelte sein platt gedrücktes Haar und trug ihn zurück ins Wohnzimmer zum Spieleteppich. Franziska folgte ihnen, setzte sich an den Rand des Betts, lehnte sich zurück, auf beide Arme abgestützt. Coordt beäugte sie, während er Frieder zeigte, dass der Mann im Rettungshubschrauber zum Herausnehmen war.

Franziska trug ein schlichtes schwarzes Kleid, dazu neuen Schmuck. Keinen aus Majtkens Laden, da war sich Coordt sicher. Rosafarbene Perlen passten nicht zu der Linie ihrer Chefin. Zu gediegen sahen sie aus, es fehlten die klaren Formen, die Majtkens Geschmack ausmachten.

»Gehst du heute noch aus?«

»Wie kommst du darauf?«

Coordt zeichnete erst ihre Silhouette in dem körperbetonten Kleid durch die Luft, dann zeigte er auf Franziskas Ohren.

»Ach, deswegen. Nein, nein. Das ist Majtkens Frühjahrskollektion. Kleiner Kurswechsel, von mir inspiriert.« Sie lächelte verlegen, eine Hand an der Perle.

»Brumm.« Der Hubschrauber flog auf.

»Herzlichen Glückwunsch«, sagte Coordt. »Ich habe immer gewusst, dass du das kannst, wenn du nur die Chance dazu bekommst.«

Der Hubschrauber klackerte an der Heizung entlang, flog wieder ab. Coordt griff sich an die Brust.

Franziska faltete die Hände über den Knien, kräuselte die Stirn. »Was ist mit dir?«

Coordt konzentrierte sich auf seinen Atem. Extrasystolen, er hatte schon früher einmal Probleme damit gehabt.

Ungefährlich, hatte ein Kardiologe nach einem Langzeit-EKG gesagt. Daher beängstigte es ihn nicht, aber unangenehm war es dennoch.

»Was ist mit dir?«, fragte Franziska erneut und dringlicher diesmal.

»Nichts. Mein Herz spinnt nur gerade.«

»Das ist lange nicht mehr der Fall gewesen«, sagte sie, erhob sich vom Bett und ging auf ihn zu. Sie tippte auf seine Brust, als wollte sie sein Herz ermahnen.

»Du meinst, das hilft?« Coordts Gesicht nah an ihrem.

»Das will ich hoffen«, antwortete sie.

»Fühlt sich jedenfalls gut an, wenn du dich um mich sorgst.«

Und wieder ein Lächeln. »So soll es sein.«

Coordt roch ihr Shampoo. Maiglöckchen. Seit sie fünfzehn war, benutzte sie das gleiche. Das hatte sie ihm erzählt, als er zum ersten Mal ihre Locken um seine Finger gezwirbelt und dann lang gezogen hatte.

Sie hatte damals nach der Schule in einem Reformhaus gearbeitet. Der Laden gehörte den Eltern eines Klassenkameraden, den sie gut fand und der sie auch gut fand, aber ebenso wie sie zu schüchtern gewesen war, es zu sagen. Es war eine schöne Zeit, hatte sie erzählt. Wenn nicht sogar die beste. Sie sei gern dorthin gegangen, schon allein wegen ihrer heimlichen Jugendliebe. Aber auch, weil es sich nicht wie Arbeit angefühlt habe, sondern wie Familie. Quirins Eltern seien immer nett zu ihr gewesen, hätten sie gelobt, wie prima sie das alles mache und dass sie mit Abstand die beste Aushilfe sei, die sie je gehabt hätten. Es tat ihr gut, das zu hören. Niemals hätte sie sich etwas von den Produkten, die sie in die Regale räumte, leisten können. Daher cremte sie sich mit den Testlotionen ein, selbst den Deodorant-Tester verwendete sie, schmierte die erste Schicht zuvor aber mit einem Küchenkrepp ab. Und sie roch an allen Duschgels und Shampoos und Duftwässerchen, die es in der Kosmetikecke gab. Quirin musste sie dabei beobachtet haben. Irgendwann, als sie mit der Arbeit fertig war, stand er vor ihr und überreichte ihr ein Shampoo mit den Worten, es sei bestimmt ganz toll für ihr tolles Haar. Franziska sagte, es sei bis dahin das Netteste gewesen, das jemand zu ihr gesagt hätte, was Coordt wiederum fast zum Weinen gebracht hatte, weil er es so unendlich traurig fand.

»Du riechst gut«, sagte Coordt, während Frieder weiter fröhlich vor sich hin brummte. Coordt konnte nicht sagen, wann er seinen Sohn jemals derart in seine Fantasie hatte eintauchen sehen. Er war ganz in sich versunken, bewegte die Lippen, ließ Playmobilfiguren miteinander reden, die er ins Cockpit des Rettungshubschraubers setzte. Normalerweise brauchte Frieder stets jemanden, der den Ton angab und sich mit ihm beschäftigte. An jenem Tag brauchte er nur sich selbst.

»Groß ist er geworden.«

»Du sagst es so, als hättest du ihn ewig nicht gesehen.«

»Das habe ich auch nicht. Eine Woche ist lang. Und die wenige Zeit, die ich ihn sonst mitbekomme – «

Franziska nahm die Hand von seiner Brust, seufzte. Langsam schritt sie zu Frieder, setzte sich zu ihm auf den Spieleteppich, mitten in das aufgedruckte Schafsgehege. Aus der Kiste mit den Bauklötzen zog sie ein paar bunte Steine hervor, stellte sie aufeinander.

»Komm, wir bauen uns ein richtig schönes Haus«, sagte sie. »Mit Garten und einem Grill und einem Schuppen für den Rasenmäher und die Gartengeräte. Und mit einem Landeplatz für deinen Hubschrauber.«

Frieder klatschte vor Freude in die Hände.

»Was habt ihr eigentlich die letzte Woche so gemacht?«, fragte Coordt und setzte sich ebenfalls zu ihnen auf den Teppich.

»Nichts Besonderes«, sagte Franziska. »Kita, Arbeit, Spielplatz, das Übliche eben. Frieder musste sich nach den drei Wochen Urlaub auch wieder an den Tagesablauf gewöhnen.«

Coordt nickte, spürte einen Stich.

»Schon wieder dein Herz?«, fragte Franziska, weil er sich automatisch an die Brust gefasst hatte.

Diesmal verneinte Coordt, sie sollte sich nicht sorgen. An ihrer Stelle würde ich es dir auch nicht sagen, hatte Majtken gesagt. Ihre Worte hatten ihm geholfen, er hatte sich leicht gefühlt danach, als verstünde er jetzt, wie sehr er übertrieb und dass es für sein ungeduldiges, argwöhnisches Verhalten keinen Anlass gab. Aber jetzt, da Franziska vor ihm saß und nichts sagte, obwohl er sie darauf ansprach – das tat weh.

»Hast du Majtken gesehen?«

Franziskas rechtes Auge zuckte kurz, fast unmerklich. Aber Coordt nahm es wahr.

»Natürlich sehe ich Majtken. Wir arbeiten zusammen, das weißt du doch.« Sie hob eine Hand zum Ohr, berührte eine der rosafarbenen Perlen.

»Ja, sicher.«

Franziska beugte sich zu Frieder vor, schnupperte an seiner Hose.

»Majen«, sagte Frieder da plötzlich und lächelte sie beide an. »Majen.« Und danach: »Bobo, Bobo.«

Franziska stand auf, hob Frieder hoch. »Ich glaube, der kleine Mann braucht dringend eine frische Windel.«

Sie verschwand im Bad. Es dauerte lange, bis sie zurückkam und sich wieder dorthin setzte, wo sie aufgestanden war.

Zwei Stunden vergingen, in denen der Helikopter über den Bauklötzen abhob und wieder landete, in denen er über Feuer flog, das Frieder sichtete, und über Schluchten, die Franziska gebaut hatte und in die Menschen hineingefallen waren, kopfüber. Nicht alle wollte Frieder mit seinem Rettungshubschrauber retten, was seine Mutter ihm durchgehen ließ.

Franziska nahm die S-Bahn zurück nach München. Mit zügigem Schritt schob sie den Kinderwagen über das Streugut, das unter den Schuhen knirschte, seit der Schnee geschmolzen war.

Coordt ging ihr hinterher, achtete dabei auf genügend Abstand. Er wollte sichergehen, dass sie in die Bahn stieg und nicht ein paar Seitenstraßen weiter abgeholt wurde – von Bobo. Er wusste, es war falsch, so zu denken. Er wusste, es war falsch, ihr zu folgen. Er wusste, es war falsch, ihr zu misstrauen. Doch er konnte nicht anders. Es war wie ein Zwang, den er nicht unter Kontrolle bekam.

Als sich die S-Bahn-Türen schlossen und Coordt sah, wie Franziska ihren Rücken gegen die Scheibe drückte, rannte er zu seiner Wohnung zurück, startete den Wagen und fuhr nach München.

Coordt hoffte, vor seiner Frau bei Bobos Wohnung anzukommen. Er wollte unbedingt beobachten, wie Franziska die Eingangstür aufschloss, den Kinderwagen an den Briefkästen vorbei in den Flur schob und abstellte. Er wollte das Gefühl haben, die Holzstufen bis nach draußen knarzen zu hören und kurz darauf mitkriegen, wie das Licht in der Wohnung anging. Er wollte sehen, in welches Zimmer sich seine Frau als Erstes begab. Und noch mehr: Er wollte sehen, was Franziska ihm nicht erzählte, weil sie es für sinnvoll hielt, ihn so wenig wie möglich in ihr Leben mit dem Mann einzubinden.

Coordt wartete im Auto. Diesmal hatte er keinen Parkplatz suchen müssen. Er fand gleich einen, sogar mit freiem Blick auf den Gehweg, den Franziska nehmen müsste, und trotzdem weit genug von der Wohnung entfernt. Selbst wenn sie ihn entdecken würde, was er nicht glaubte, da sie nicht mit ihm rechnete, könnte er argumentieren, er wollte ihr und Frieder nur noch einen Gutenachtkuss geben, die Sehnsucht, sie wisse schon, und er hätte das Auto extra außerhalb von Bobos Sichtweite abgestellt, um den Vertrag nicht zu gefährden.

Nach zwanzig Minuten tauchte Franziska auf. Den Kinderwagen schob sie mit einer Hand. Mit der anderen hielt sie Frieder auf dem Arm, der wie wild mit den Beinen strampelte und sie offensichtlich immer wieder mit den Schuhspitzen traf. Sie verzog das Gesicht, blieb stehen, setzte Frieder schließlich auf dem Bürgersteig ab. Er bog den Rücken durch, fing an zu schreien, legte sich auf den kalten Asphalt.

Am liebsten wäre Coordt aus dem Auto gesprungen und seiner Frau zu Hilfe geeilt. Doch er blieb sitzen. Wenn er jetzt auf die Straße liefe, müsste er sich erklären. Zwar hatte er eine Erklärung, die Sehnsucht, aber die war nur für den Notfall, und dann würde er auch nicht mehr sehen können, was er unbedingt sehen wollte. Er fühlte sich schäbig, verwünschte die Zwickmühle, in die er sich gebracht hatte. Was war nur aus ihm geworden, dass er heimlich mit ansah, unter welchen Schwierigkeiten Franziska versuchte, Frieder nach Hause zu bringen?

Ein Stich in der Brust nahm ihm für einen Moment die Luft zum Atmen. Sein Herz stolperte, schon zum dritten Mal an diesem Tag. Er klopfte sich mit der Faust auf die Stelle, bis das Stechen verschwand und nur noch der dumpfe Schmerz der Schläge zu spüren war.

Er musste an den Cowboyjungen denken, daran, wie er in seinem Angsttümpel gestanden hatte, durch seine Verkleidung als Revolverheld doppelt gedemütigt. Coordt hatte sich in dem Jungen wiedererkannt, bis zu dem Morgen, an dem er ihn erneut gesehen hatte.

Coordt hatte das Fenster geöffnet, um die verbrauchte Luft hinauszulassen. Da standen sie wieder auf dem Gehsteig, Zorro und Cowboy, im Kostüm, beide eine Pistole in der Hand. Die Waffe des Cowboys rotierte gekonnt um den Zeigefinger. Zwei Möchtegernhalbstarke auf dem Weg zur Schule, dachte Coordt und sog den Duft nach geplatzter Spielzeugmunition auf. Knallrote Zündkränze lagen auf dem Asphalt.

Coordt beobachtete sie. Die Kinder wiederum nahmen nun auch ihn ins Visier. Der Cowboy hob den Arm, richtete den Lauf auf Coordt.

»Hey!«, hatte Coordt ihm zugeraunt und war automatisch einen Schritt zurückgewichen.

Zorro und Cowboy rannten davon. Mit einer Hand hielten sie die Riemen der Schulranzen fest. Bei jedem Schritt glaubte Coordt deren Inhalt im Takt ihres Lachens klackern zu hören.

Coordt sah ihnen nach. Als sie weit genug entfernt waren und sich sicher wähnten, drehten sie sich um, riefen ihm etwas zu, das er nicht verstand.

»Verpisst euch!«, sagte er.

Zorro hob den Arm, Cowboy tat es ihm gleich. Gemeinsam zielten sie auf ihn. Zwei schnelle, aufeinanderfolgende Schüsse, die in der feuchten Luft des Morgens verhallten.

Panisches Weinen und Mama-Rufe rissen Coordt aus seinen Gedanken. Er sah auf, blickte dahin, wo Franziska den Kleinen abgesetzt hatte. Seine Frau war nirgends zu sehen. Nur Frieder und der Buggy – und ein großer grauer Hund, der sich seinem Sohn näherte, die Schnauze spitz voran.

Coordt stieß die Autotür auf, sprang heraus. In dem Moment ertönte Bobos Stimme, laut und drohend. Er kam mit Franziska den Gehweg entlang. Franziska um einiges schneller als er, ihre Rufe nun so hell und panisch wie Frieders Weinen. Der Hund sah Franziska an, rührte sich nicht von der Stelle, erst als von weiter weg ein Pfeifen zu hören war, drehte er ab und verschwand.

Coordt setzte sich augenblicklich zurück ins Auto, während Franziska Frieder hochnahm. Bobo war stehen geblieben. Wirkte erschöpft. Er sah nicht nach links, nicht nach rechts. Er schien ihn nicht bemerkt zu haben.

Trotzdem machte Coordt sich im Sitz klein, klappte die Blende herunter, zog das Kinn in den Kragen seines Daunenanoraks. Vorsichtig schielte er hinaus zu dem Mann, der weder Jacke noch Pullover trug. Nur Hose und ein weißes Hemd, über dem an einer Kordel die Lesebrille hing. Bobos Kopfform wirkte auf Coordt länglicher, als er sie in Erinnerung hatte.

Franziska hob die Hand, winkte Bobo zu. Das Kunstfell ihres Mantels schob sich nach oben, machte ihre Beine lang, trotz Frieder, der an ihr hing wie ein Äffchen.

Der Mann setzte sich wieder in Bewegung. Langsam sein Gang, beinahe stoisch.

Coordt kam sich in dem Moment noch schäbiger vor als zuvor schon. Im Auto zu sitzen und seiner Frau nicht die Hilfe zu geben, die sie benötigte, weil der Mann, der ihm Himmel oder Hölle angeboten hatte, dies übernahm, war eine Demütigung. Er fühlte sich von Franziska hinters Licht geführt. Sie hatte ihm vorgemacht, Bobo gehe es schlecht. Von wegen! Der Mann war da. Ohne Jacke, trotz der Kälte. Und Frieder hatte Vertrauen zu ihm, was er nicht haben dürfte, wenn es stimmte, dass sein Sohn den Mann so gut wie gar nicht zu Gesicht bekam.

Coordt beobachtete Bobos bedachtsam sich fortbewegende Statur. Da ging Franziska in die Hocke, stellte Frieder vor sich ab. Coordt sah, wie sie sich vorbeugte und ihre Lippen Worte formten, die er zu gerne gehört hätte. Frieder überstreckte seinen Kopf und drehte sich zum Mann hin. Er hatte aufgehört zu weinen. Nun bückte sich Bobo, flüsterte ihm etwas ins Ohr.

Da umschlag Frieder Bobos Hals. Es geschah impulsiv und mit genau jener Kraft, die Frieder aufbrachte, wenn er Coordt umarmte, um ihm zu zeigen, wie lieb er ihn hatte.

Bobo erhob sich, Coordts Kind auf dem Arm, der seinen Kopf auf dessen Schulter gelegt hatte. Gemeinsam gingen sie in Richtung Wohnung.

Coordt rannte los, ohne Ziel. Er wollte nur weg von dem Mann und Franziska, weg von dem, was er beobachtet hatte.

Trocken war sein Mund, die Zunge klebte am Gaumen. Er dachte nicht darüber nach, wohin er lief, er ließ seine Beine die Richtung vorgeben, überquerte Straßen, ohne sich umzuschauen oder auf Ampeln zu achten, dem Hupen vereinzelter Taxis und Autos zum Trotz.

Irgendwann stand er mitten auf dem Odeonsplatz, überrascht von der Weite, die der Himmel dort über dem Kopfsteinpflaster gewann. Schnell ging sein Atem, sein Puls, er sah nach oben, alles drehte sich, laute Stimmen drangen an sein Ohr, derbes Gelächter. Coordt sah sich um.

Vom Hofgarten kommend steuerten ein paar Männer auf ihn zu, verkleidet in Hasenkostümen. Ihrem Wanken nach zu schließen, waren sie betrunken, offensichtlich ein Junggesellenabschied, fast alle mit Sonnenbrillen, trotz der Dunkelheit, die sie umgab. Coordt rannte weiter, entlang den beleuchteten Schaufenstern, in die er nicht sah. Er hielt auf den Marienplatz zu, fühlte sich verfolgt von dem Grölen der Männer hinter ihm.

Es war lange her, dass Coordt in der Innenstadt gewesen war. Er bewegte sich hauptsächlich zwischen seiner Wohnung und der Arbeit hin und her. Seit er aus Bobos

Refugium ausgezogen war, hatte sich sein Radius nur um einen Punkt erweitert: den Spielplatz unweit der Wohnung.

Das letzte Mal, dass er mit einer bestimmten Absicht in die Innenstadt gefahren war, musste mit seinen Eltern gewesen sein, bei ihrem ersten und einzigen Besuch in München, als er sich eben erst an der Uni eingeschrieben hatte, Buchwissenschaften. Erfolg versprechend, hieß es damals, als er sich erkundigte. Doch seine Eltern überzeugte das wenig. Sie konnten sich nichts unter der Ausbildung vorstellen und auch nicht, was danach aus ihm werden würde. »Du hast doch so ein gutes Abitur«, sagte seine Mutter. »Warum nicht Jura oder Medizin? Ingenieur würde auch zu dir passen. In Oldenburg kann man das studieren. Dann wärst du nicht so weit von zu Hause weg.«

Er erinnerte sich noch gut an das Wirtshaus, in dem sie gesessen und zu Mittag gegessen hatten. Helle Holzvertäfelungen, Stühle mit Herzausschnitten in der Lehne, weinrote Tischdecken. Eine Kerze brannte in einer großen Glasschale, die zu Dekorationszwecken zur Hälfte mit kleinen Salzbrezeln gefüllt war.

Coordt hatte aus gutem Grund ein bayerisches Lokal ausgesucht, eines mit Tradition, eines, das es seit jeher in München gab und von dem aus sie später über den Viktualienmarkt schlendern könnten, um zum Abschluss ihres Tages das Glockenspiel am Marienplatz zu erleben. Um siebzehn Uhr war es möglich, Coordt hatte sich informiert. Seine Mutter hatte sich ein wenig Sightseeing gewünscht, wenn sie schon hier war.

Coordt genoss es, seine Eltern durch München zu führen. Er wollte, dass sie genauso beeindruckt waren von der Stadt wie er, als er sie mit Erik erstmals erkundet hatte.

Sein Vater studierte die Speisekarte. Seine Mutter allerdings gab nicht auf, ihrem Sohn alternative Zukunftspläne aufzuzählen, weit weg von Bayern. Dabei legte sie die Stirn in Falten, suchte Coordts Aufmerksamkeit. Sie hielt nichts davon, dass ihr Sohn in München leben wollte. Sein Vater hingegen schon. Er bestellte sich sofort ein Weißbier, Hand oben, breiter Mund, und sah sich in der Gaststube um. Coordt folgte seinem anerkennenden Blick auf die Menschen im Raum und auf die Bedienung in Tracht. *Mögen hätt ich schon wollen, aber dürfen hab ich mich nicht getraut*, stand an der Wand links von ihnen in großen dunklen Buchstaben geschrieben. Sein Vater zeigte darauf, sagte: »Schluss jetzt, Charlotte, unser Sohn will einer von hier sein, dann lassen wir ihn auch.«

Coordt hatte daraufhin mit ihm angestoßen, obwohl er seine Mutter mit seiner autoritären Art zum Schweigen gebracht hatte.

Am Fischbrunnen machte Coordt halt. Er hielt die Hand unter das fließende Wasser, trank, obwohl es kein Trinkwasser war. Dann rannte er weiter, so schnell er konnte. Sich spüren, wenn man sich gerade in Luft auflösen will – das hatte Franziska einmal zu ihm gesagt, kurz nachdem sie sich kennengelernt hatten, in New York, am Flughafen, zwei Tage vor Weihnachten, bitterkalt war es gewesen.

Coordt war spontan und last minute in die Staaten geflogen, um einen Studienfreund zu besuchen, der dort der Liebe wegen hingezogen war. Nach vier Tagen wusste er, wie es sich anfühlte, Eisklumpen im Bart zu tragen, und warum er es vorzog, in einer Stadt zu leben, die als großes Dorf bezeichnet wird. Er mochte es übersichtlich und so, dass er den Eindruck hatte, jedem, dem er auf der Straße begegnete, irgendwann schon einmal über den Weg gelaufen zu sein. Zu viele Menschen auf einem Haufen, darauf konnte er verzichten. Außerdem empfand er es als Privileg, überall mit dem Fahrrad hinzukommen. Das war ihm das Liebste.

Öffentliche Verkehrsmittel hatte er schon als Kind nicht gemocht. Vor allem an Bushaltestellen war er sich kleiner vorgekommen, als er tatsächlich war. Erik hatte es einmal für ihn in Worte gefasst: Du kannst es nicht ausstehen, auf den Bus zu warten, weil du in solchen Momenten die Mickrigkeit deines Daseins in Reinform erfährst. Coordt war sich nicht sicher gewesen, ob er verstand, was Erik ihm damit sagen wollte, und ob es überhaupt einen Sinn ergab. Aber Eriks Feststellung entsprach genau jenem Gefühl, das er empfand, wenn er am Straßenrand stand und die Minuten zählte, bis der Bus kam und ihn dorthin fuhr, wohin er musste.

Als er sich in der Schlange für die Gepäckaufgabe anstellte, tropfte sein Bart. Vor ihm stand eine junge Frau mit wilden, abstehenden Locken. Der New Yorker Winterduft, nasser Zement und Grafitstaub, hatte sich in ihren Haaren verfangen und sich mit etwas angenehm Süßlichem vermischt, das wiederum nichts mit New York zu tun hatte, sondern mehr mit einem Ausflug aufs Land im Mai, wenn die Wiesen voller Blumen waren.

Dieser eigentümliche Geruch wehte immer dann zu Coordt herüber, wenn die Schlange ein Stück vorankroch. Am liebsten hätte Coordt in dieses Nest aus Haaren gelangt, nur um zu wissen, wie es sich anfühlte.

Kurz bevor die junge Frau am Schalter an die Reihe kam,

sprach Coordt sie an. Von hinten, in den Rücken. Er wusste sich nicht anders zu helfen. Er sagte irgendetwas Banales, er hatte keine Ahnung mehr, was es gewesen war, er wusste nur noch, dass er Englisch geredet hatte. Er wünschte sich, ihr Gesicht zu sehen. Kein einziges Mal hatte sie sich zu ihm umgedreht, obgleich sie ziemlich lange anstehen mussten.

Sie antwortete ihm mit einem Lächeln, links und rechts zwei kleine Grübchen. Ihr deutscher Akzent verriet ihm sofort, woher sie kam. Der bayerische Klang kam selbst durch den einzigen englischen Satz durch, den sie zu ihm sagte. Trotzdem hatte Coordt so getan, als müsste er für seine Antwort nach passenden englischen Vokabeln suchen. Nur damit sie sagen konnte: Wir können uns auch auf Deutsch miteinander unterhalten. Was sie dann auch taten.

Was hatten sie darüber gelacht! Als sei eine solche Begegnung an einem Flughafen etwas ganz Verrücktes. »München«, hatte er gesagt und ihr die Hand hingehalten. »Franziska«, hatte sie geantwortet und ihre behandschuhte Hand in seine gelegt.

Je länger Coordt durch die Stadt rannte, desto mehr nahmen ihn Gedanken an früher ein und an das, was er auf der Straße beobachtet hatte. Immer wieder blitzte das Bild auf, wie Bobo vor Franziska stand, bevor er sich zu Frieder hinabbeugte und ihn umarmte. Der Mann hatte das getan, was Coordt hätte tun sollen. Als Vater, als Ehemann. Doch er war ins Auto zurückgekrochen. Aus Angst, ihre gemeinsame Zukunft zu versauen, die er mit seiner Anwesenheit aufs Spiel gesetzt hatte. Es war erbärmlich. Und trotzdem befeuerte das Bild von Franziska, Frieder und Bobo seine

Wut. Sie hatte ihn angelogen. Frieder hatte sehr wohl etwas mit Bobo zu tun. Er hatte sich von ihm beruhigen lassen.

Coordt rannte schneller, als könnte er vor dem Bild davonlaufen, das er vor Augen hatte.

In der Baaderstraße standen Leute vor einem Lokal und rauchten. Coordt beschloss, ihnen nicht auszuweichen. Er dachte an den namenlosen Protagonisten aus Dostojewskis »Aufzeichnungen aus dem Kellerloch«, einem Buch, das Erik ihm einmal zum Geburtstag geschenkt hatte mit der Bemerkung, wenn er das gelesen habe, wisse er, dass ein Ausweichen niemals infrage komme, wollte er im Leben nicht scheitern. Coordt war klar, was für ein verquerer Gedanke sich da gerade in seinem Kopf festsetzte. Aber warum nicht! Er hatte das Recht dazu, sich ein gutes Gefühl zu verschaffen. Er musste durch die Menge hindurch, rücksichtslos, so wie der namenlose Protagonist in dem Roman den Offizier anrempelt, der ihn erniedrigt hat. Sie würden ihn wahrnehmen. Ja, das würden sie.

Coordt spannte die Muskeln an, spreizte die Ellenbogen und ging mitten durch die Menge hindurch.

»He, spinnst du?«

»Verpiss dich, du Safteule!«

Coordt spuckte aufs Trottoir, fühlte die Befreiung, die sich für einen Moment in ihm auftat.

Diesmal wurde Coordt tatsächlich krank. Aufstehen, anziehen, frühstücken – alles fiel ihm schwer.

Er schrieb seiner Frau, er habe einen Rückfall, hohes Fieber, schlimmer als zuvor, leider. Sie solle sich aber keine Sorgen machen, auch das gehe vorbei, er habe in Neubiberg einen guten Arzt, und er melde sich, wenn er wieder auf den Beinen sei, er könne nur gerade schwer sprechen, der Hals, vermutlich eine Angina, sie solle Frieder einen Kuss geben, nein, hundert Küsse, und ihm sagen, dass er ihn liebe. Dass er auch sie liebe, schrieb er nicht. Zu verletzt war er, zu aufgewühlt, zu wütend auch.

In der Arbeit meldete er sich erneut krank, sagte, es werde länger dauern, ärgerlich das Ganze, aber er überprüfe immer wieder seine Mails, und wenn etwas ganz dringend sei, solle man ihn getrost kontaktieren. Dass er so viele Fehltage hatte wie noch nie zuvor, war ihm egal.

Fünf Tage verbrachte Coordt im Bett. Er trank wenig, er aß auch kaum etwas. Um in den Schlaf zu finden, nahm er Tabletten. Sobald er aufwachte, sah er sich Dokumentationen auf Youtube über Extremsportarten an. Marathon des Sables. Mythos Hawaii. Wingsuit Base-Jumping – Der Traum vom Fliegen. Sie halfen ihm, sich abzulenken.

Nach einer Woche hätte er wieder zur Arbeit gehen können. Auch Franziska anrufen, um sie und Frieder zu treffen.

Doch er tat es nicht. Zwar vermisste er Frieder schmerzlich. Franziska aber wollte er nicht sehen. Er hatte das Gefühl, sie für das bestrafen zu müssen, was er beobachtet hatte, obwohl ihm klar war, dass er sich nur selbst bestrafte, wenn er Frieder fernblieb.

Die Enttäuschung und der Ärger wegen Franziska wogen schwerer als die Sehnsucht nach Frieder. Es gefiel ihm nicht, aber er gestand es sich ein.

Franziska klang besorgt, als er vorgab, erneut Fieber bekommen zu haben und dass der Arzt ihm mindestens eine weitere Woche Bettruhe verordnet habe. Sie wollte vorbeikommen, ihm wenigstens eine Suppe bringen, »die mit den Linsen, die hilft immer!« Doch Coordt wiegelte ab. Er könne sowieso nichts bei sich behalten, und sie habe doch schon genug um die Ohren mit Frieder und dem Mann und der Arbeit, er komme gut klar, keine Sorge. Abgesehen davon würde er sich nur Vorwürfe machen, wenn sie sich bei ihm ansteckte oder Frieder, und es wäre sicherlich auch im Interesse Bobos, dass sie keine Viren in die Wohnung schleppte.

Er hörte regelrecht Franziskas Verwunderung durchs Telefon rauschen.

»Dich scheint es ganz schön erwischt zu haben, sonst würdest du sagen, ich solle dringend vorbeikommen, um Bobo die Viren auf dem Silbertablett zu überbringen.« Sie lachte einen Tick zu laut, als wollte sie so ihrem Scherz die Schärfe nehmen.

Oft wanderte Coordt zwischen dem Spieleteppich und seinem Bett hin und her, dachte nach. Er bekam Bobos aufrechten Gang nicht aus dem Kopf, und wie Frieder seine Wange auf die Schulter des Mannes gelegt hatte. Er hatte nie ernsthaft an das Höllenfeuer geglaubt, das ihm Bobo einst prophezeit hatte. Doch jetzt verstand er: Der Mann hatte es wahr gemacht. Er hatte sich mit einem Trick in seine Familie gewanzt, Coordt so lange von ihr entfernt, bis die räumliche Distanz, der er zugestimmt hatte, zu einer emotionalen geworden war.

Coordt sah sich barfuß und schreiend in der extra für ihn entfachten Glut stehen, ohne von jemandem gehört zu werden. Aber nicht sie tat ihm weh, vielmehr die Wut und die Enttäuschung in ihm – und die Ratlosigkeit, wie er dieses toxische Gemisch je wieder loswerden konnte.

Zunächst versuchte er es mit Ablenkung. Zur Arbeit fuhr er von nun an noch einmal eine halbe Stunde früher. Zusätzlich ließ er die Mittagspause ausfallen. Appetit hatte er sowieso keinen. Durcharbeiten war sein Plan. Er hatte einiges aufzuholen, das während seiner Abwesenheit liegen geblieben war – und war froh um die Zeit, die er dadurch gewann. Aber auch vieles, das er nicht zwingend zu erledigen hatte, packte er sofort an, nur um den bösen Gedanken keinen Raum zu lassen. Kamen sie doch, vor allem nachts, sodass selbst die Schlaftabletten nicht wirkten, stand er auf und fuhr den Rechner hoch, E-Mails abarbeiten, Kalkulationen erstellen, das ging immer.

An einem Abend half selbst das nächtliche Arbeiten nicht. Und so zog Coordt sich die Jacke an und verließ die Wohnung.

Als er die Grundschule erreichte, die sich in der Nähe seiner Wohnung befand, sah er ein junges Pärchen, das seinen schreienden Säugling spazieren fuhr. Die Szene erinnerte ihn an Franziska und ihn, kurz nach Frieders Geburt. Wie oft waren sie nachts hinausgegangen, weil sie hofften, ein

Ortswechsel könnte Frieders anhaltendes Schreien beenden und ihn zum Schlafen bewegen. Er dachte besonders an eine Nacht, in der sie im tiefsten Schnee durch Untergiesing gestapft waren, an der Agilolfingerschule vorbei in Richtung Fußballplatz, dort an den kleinen Schrebergärten unterhalb der Bahngleise entlang bis zum Spielplatz, aber nicht auf dem Gehweg, sondern mitten auf der Straße, wegen des Kopfsteinpflasters, weil sie glaubten, das Ruckeln könnte Frieder besänftigen. Doch es brachte nicht die ersehnte Ruhe, sodass sie schließlich am Hans-Mielich-Platz aufgaben und Franziska den Kleinen aus dem Kinderwagen holte. Verzerrt war sein Gesichtchen, das sie an ihre Brust führte, im Stehen und im einsetzenden Schneegestöber.

Coordt blieb stehen und sah dem Pärchen nach, das in Richtung Schopenhauer Wald ging. Mal beugte sich die Frau nach vorne, steckte ihren Kopf ins Verdeck. Mal der Mann. Da durchdrang ihn ein Gedanke, der schon ein paarmal in ihm aufgekeimt war, den er aber stets unterdrückt hatte. Diesmal ließ er ihn zu, er verschloss sich ihm nicht. Und er sagte laut, als sei das eine Möglichkeit, auf sich selbst zu hören: »Sei doch mal ehrlich, du hast Franziska nur nachspioniert, weil du gehofft hast, sie würde dich hintergehen. Zwar hätte es dich erleichtert, wenn du nicht gesehen hättest, was du gesehen hast, aber es hätte dich auch enttäuscht. Du hättest nicht lockergelassen, wärest immer wieder zur Wohnung gefahren, bis du die Bestätigung für deinen Verdacht erhalten hättest.«

Da war es heraus.

Er sah wieder zu dem Pärchen hin, das schon fast am Ende der Straße angelangt war. Mit jedem Schritt, den es sich von Coordt entfernte, nahm die Lautstärke des Weinens ab, während die Ehrlichkeit, die Coordt von sich einforderte, die Leere in ihm verstärkte, vor der er sich seit seiner geheimen Beobachtung weggeduckt hatte.

Am nächsten Morgen brummte Coordts Handy. Es war Erik, von dem er ewig nichts mehr gehört hatte. Er bat ihn um ein Treffen. *Da gibt es noch etwas*, schrieb er, *zu klären.* Mit Erik hatte Coordt seine Kindheit in Kiel verbracht. Auch die Jugend. Coordt kannte Eriks Abneigung gegen Tomaten, sein Talent zum Schwimmen, seine Ausdauer beim Laufen, seine Schwäche für sportliche blondhaarige Frauen. Er wusste von seinem Traum, übers Mittelmeer zu segeln und den Alpamayo zu besteigen. Sie waren auf Konzerte gegangen, sie hatten einmal dasselbe Mädchen geküsst, die letzte Zigarette miteinander geteilt. Sie waren mit sechzehn auf ihren Rennrädern nach Holland gefahren, hatten einen üblen Whiskeyrausch in einer besonders kalten Nacht erlebt, in der ihnen der Regen warm und die Sterne unanständig erschienen waren. Sie hatten zusammen den ersten Liebeskummer durchgemacht, da waren sie noch zur Grundschule gegangen. Coordt war für Erik da gewesen, als dessen Vater entschied, mit der Nachbarin eine neue Familie zu gründen und nach nebenan zu ziehen. Eriks Enttäuschung grenzenlos, zumal er selbst an die Nachbarin, die sein Vater begehrte, sein Herz verloren hatte. Zwei Jahre später noch schwärmte er für diese Frau, die inzwischen seinen Halbbruder geboren hatte. Erik war wie besessen von ihr, hatte sich zunehmend krank gefühlt, war Coordt mit seinem Leid und seiner Leidenschaft in den Ohren gelegen. Gleich nach dem Abitur zog Erik aus und zum Studieren nach München. Jura. Hauptsache weit genug weg von zu Hause. Es war Coordts Idee gewesen an einem jener Abende, an denen Eriks Zittern kein Ende genommen hatte. »Ich komme nach, sobald ich meinen Abschluss habe«, hatte er gesagt und ihm eine Hand auf die Schulter gelegt. »Du kannst dich drauf verlassen. Neunhundert Kilometer sind zu viel Distanz für eine Freundschaft wie unsere, Bruder, dafür genau richtig für eine Familie wie deine.« Sie hatten gelacht. Und sich lange in den Armen gelegen.

Erik zog in die Theresienstraße. Der Zufall hatte ihm die kleine Wohnung verschafft. Er war gerade auf dem Weg zum Kopierladen gewesen, als er sah, wie eine ältere Dame mühselig die Treppe zur U-Bahn nahm. Erik fragte, ob er ihr helfen könne. Die Frau nickte. »Der Aufzug ist kaputt, und Rolltreppe traue ich mich nicht, so ein Espenlaub, wie ich bin.« Sie hielt ihm ihr Einkaufsnetz mit Äpfeln hin. Erik reichte ihr im Gegenzug seinen Arm und führte sie sicher die Stufen hinunter und bis zum Gleis.

»Auf Wiedersehen«, sagte Erik.

»Warten Sie«, sagte die Frau und kramte in ihrer Geldbörse. »Nehmen Sie das!« Sie hielt ihm ein paar Münzen hin.

»Nein, nein«, sagte Erik. »Ich habe Ihnen gern geholfen.«

»Nun nehmen Sie schon, junger Mann! Kaufen Sie sich davon ein Stück Torte. Die besten gibt es im Café Wiener in der Rumfordstraße an der Ecke.« Ihre Münzenhand zitterte.

Erik nahm das Geld an, bedankte sich. Nach dem Kopierladen ging er tatsächlich in das Café. Warum nicht mal Torte, dachte er, weil er sonst nichts vorhatte.

Er war der jüngste Gast, mit Abstand. Eine Seniorengruppe saß um einen der Marmortische, unterhielt sich. Braungrüner Teppichboden, grünbraun gepolsterte Stühle, dezenter Kaffeegeruch, zwei Männer mit ausgebreiteter Zeitung. Erik beugte sich zur Vitrine vor, inspizierte die Kuchen und Torten. Da sah er den Zettel, *Wohnung frei, bei Interesse melden*, daneben eine Telefonnummer in krakeliger Schrift.

Er riss den Zettel ab, steckte ihn in die Hosentasche. Seit fast vier Monaten war er schon in München und weit davon entfernt, ein WG-Zimmer zu finden, das einigermaßen bezahlbar für ihn gewesen wäre. Er teilte sich einen Raum mit einem Kommilitonen, der ebenso wie er auf der Suche nach etwas Besserem war.

Einen Anruf später hatte sich die Situation für Erik geändert. Er bekam die Wohnung. Ein Zimmer, separates Bad und eine kleine Küche. Sie lag zentral, war günstig und größer als alles, was er sich bis dahin angesehen hatte. Erik deutete die Sache so: Weil er eine gute Tat vollbracht hatte, erwies sich die alte Dame als gute Fee.

Als Coordt sich ein Jahr später in der gleichen Situation befand und befürchtete, er müsse sich eine andere Stadt zum Studieren aussuchen, wenn er nicht bald etwas fände, machte Erik ihm ein Angebot: »Du kannst bei mir im Zimmer wohnen, bis wir uns auf die Nerven gehen. Davon haben wir beide was. Ich spare mir die Hälfte der Miete, du hast ein Dach über dem Kopf.«

Coordt war dankbar, und Erik half ihm sogar beim Suchen einer eigenen Bleibe. Er ging zu Wohnungsbesichtigungen, zu denen Coordt nicht konnte.

Eines Abends, es waren inzwischen vier Monate vergangen, in denen sie zusammenlebten, verkündete Erik, er werde auswandern. Südamerika. Coordt verwunderte das nicht. Er verstand Erik. Seit er ihn kannte, schwärmte er für Südamerika. Vor allem die Anden hatten es ihm angetan. Sie waren sein Traum, der in Postern sämtlicher Größen schon die Wände seines Jugendzimmers in Kiel verkleidet hatte.

Sie betranken sich in ihrer Stammkneipe. Es war eine mondhelle Nacht, eine, in der sie ihre tiefe Freundschaft bekundeten, nicht nur wegen der vielen Biere, die sie bestellten und die sie sich selig fühlen ließen, sondern wegen der ihnen endgültig erscheinenden Trennung, die vor ihnen lag und Sentimentalitäten zuließ, die sie sonst verschlossen hielten.

Am nächsten Morgen, Coordt pochte der Schädel, stand Erik schon in der Küche und kochte Kaffee.

»Ich habe mir etwas überlegt«, sagte er zu Coordt, noch bevor er ihm einen guten Morgen wünschte.

»Was denn?«

»Jetzt, da ich gehe, kannst du meine Wohnung zur Untermiete übernehmen.«

»Ja, daran dachte ich auch. Das bietet sich an.«

»Gut. Du verstehst, dass ich das nicht umsonst machen kann.«

»Ist doch klar, dass ich die Miete dann ganz übernehme.«

Erik lachte verlegen.

»Was ist?«

»Ich dachte an zweitausendfünfhundert Euro Vermittlungsprovision. So was wie Courtage.« Er nahm die Espressokanne vom Herd, goss die schwarze Brühe in eine große Tasse. Dann holte er auch die Milch vom Herd und schüttete sie bis zum Rand der Tasse.

Coordt sah Erik an. »Du willst Geld dafür, dass ich deine Wohnung übernehme?«

»Ich kann es brauchen. Als Starthilfe.«

»Und die soll ich finanzieren?«

»Sieh es so«, sagte Erik, »ich verhelfe dir zu einer Wohnung, die du ohne mich nie bekommen hättest. Du weißt, wie schwer es ist, hier etwas zu finden.«

»Ja«, sagte Coordt, »aber du bist mein Freund und kein Makler, außerdem weißt du, dass ich Bafög kriege.«

»Jetzt bin ich eben dein Freund *und* dein Makler«, antwortete Erik, hob vorsichtig die Kaffeetasse an und trank ab. Etwas Dampf stieg ihm ins Haar.

Coordt nahm die Wohnung nicht. Er zog aus. Keine Umarmung, keine Verabschiedung, nur Coordts vor Enttäuschung flatternde Hand, die wie von allein ein Winken angedeutet hatte.

Erik flog ab.

Coordt verlor einen Freund.

Für zweitausendfünfhundert Euro.

Okay, schrieb Coordt zurück. *Wann und wo?*

Für die Nachricht brauchte Coordt zwei Anläufe. Erst wollte er Erik gar nicht antworten, ihn ignorieren. *Der hat mir gerade noch gefehlt*, war seine spontane Reaktion. Doch dann sah er immer wieder auf das Handy und las Eriks Zeilen, als könnte er mehr Informationen aus ihnen herausholen, wenn er sie nur oft genug ansah.

Coordt hatte häufig an Erik gedacht und sich gefragt, ob er sich bei seiner Ankunft in Lima tatsächlich mit beiden Fäusten auf die Brust geklopft und laut losgebrüllt hatte, so wie der Gorilla im Zoo, der ihn dazu inspiriert hatte. »Wenn ich mal dort bin, wo ich sein möchte, mache ich es ihm nach.« Sie waren im Tierpark Hellabrunn gewesen, im Affenhaus. Vor ihnen viele Kinder, die sich die Nasen an der großen Glasscheibe platt drückten, um dem Silberrücken, der etwa zwei Meter entfernt hinter der Scheibe saß und ins Leere stierte, möglichst nah zu sein. Erik und Coordt wollten gerade zu den Orang-Utans gehen, da stand der alte Gorilla auf, trat dicht an die Glasscheibe heran und richtete seinen Blick eindeutig auf Erik. »Starrt der mich etwa an?«, fragte Erik, und Coordt bestätigte seinen Eindruck. »Ja, ganz eindeutig.« Da begann der Gorilla plötzlich gegen die Brust zu trommeln und dabei kehlige Laute von sich zu geben. Er tat es, ohne Erik aus den Augen zu lassen. Die Kinder an der Glasscheibe traten zurück, eingeschüchtert von der Lautstärke und der Imposanz der Drohgebärde. Ein paar weinten, suchten Schutz bei ihren Eltern. Obwohl Erik weiter hinten stand, war es so, als würde zwischen Erik und dem Gorilla niemand sein, als gäbe es da ein Band zwischen den beiden. Der Gorilla drohte allein ihm, machte ihm klar, wer hier das Sagen hatte, und Erik wartete geduldig ab, bis sich das Tier beruhigt hatte. Dann verbeugte er sich vor dem Affen, zog seinen imaginären Hut, und ging davon, Coordt ihm hinterher, fasziniert von der Reaktion des Gorillas auf seinen Freund.

Coordt hatte sich vorgestellt, wie Erik durchs Land reiste, nur mit einem Rucksack und voller Neugierde. Er sah ihn umringt von Backpackern, vor allem Mädchen, die ihn anhimmelten wegen seiner schwarzen Augen und seiner Ausstrahlung, unnahbar, charmant und lässig zugleich. Er hatte sich oft gefragt, was Erik zu Frieder sagen würde und zu Coordts Art, sein Leben zu führen – Frau, Kind, Festanstellung. Er hatte ihn vor sich sitzen sehen, ein Bier in der Hand, und ihm zuprosten, er solle weniger denken als leben. Er vermisste die Gelassenheit, die Erik ihm gegenüber immer gehabt hatte, aber nie gegenüber sich selbst. Er vermisste seinen Freund.

Zu spät, begann er zu tippen und löschte den Satz wieder, weil es nicht stimmte. Er wollte Erik sehen und ihm all die Fragen stellen, die er sich selbst stellte, wenn er an ihn dachte. Er wollte wissen, wie er aussah, was er erlebt hatte, wie es ihm ging, ob ihn die letzte Begegnung auch noch beschäftigte, was er vorhatte, warum er in München war. Vielleicht hatte auch Erik Familie, kaum vorstellbar, er hatte es immer abgelehnt, aber was wusste Coordt schon von ihm nach so vielen Jahren? Vielleicht würde Erik ihn auslachen, wenn er ihm das von der Wohnung und dem Mann erzählte, vielleicht würde er ihm sagen, siehst du, manche Geschichten holen einen ein, schau mich an, ich bin zurück. Vielleicht würde er ihn verstehen, wissen, wie es ihm ging und warum ihn diese Schwere begleitete, seit seiner Frau eine Eigentumswohnung in Aussicht gestellt worden war. Ja, vielleicht könnten sie sogar wieder dort anknüpfen, wo sie aufgehört hatten, vor dem Abschied, der keiner gewesen war, sondern ein Bruch. Vielleicht auch nicht, vielleicht würde alles anders kommen. Erik war immer für eine Überraschung gut.

Erik saß bereits an einem Tisch in der hintersten Ecke ihrer ehemaligen Stammkneipe. Er hatte sich den dunkelsten Platz ausgesucht. Den bei den Toiletten, wo immer wieder kühle Luft herüberwehte.

Erik hatte sich kaum verändert, seit sich ihre Wege getrennt hatten, acht Jahre war es nun her. Ein wenig grau an den Schläfen war er geworden, aber das war auch das Einzige, das Coordt im schummrigen Licht anders vorkam. Ansonsten trainierte Oberarme, die Ohren so abstehend, dass er früher vor jedem Mädchen, das er kennenlernte, damit kokettierte, Dominique Horwitz sei sein Vater, nur wisse der davon nichts. Die Mädchen liebten ihn dafür, obwohl die wenigsten wussten, wer Dominique Horwitz überhaupt war.

Erik stand auf, als er Coordt sah, hielt ihm die Hand hin. Ein Tattoo auf dem Unterarm. Die heilige Maria, umringt von drei Rosen. Coordt schlug ein und setzte sich hin. Sofort rief Erik dem Barkeeper hinter dem Tresen zu, Zeige- und Mittelfinger zu einem V gespreizt: »Zwei Helle!«

Ein neuer Song begann, sie sahen sich an.

»Ewig nicht mehr gehört«, sagte Coordt.

»Das letzte Mal, als wir die beiden Kunststudentinnen … Nein, ich hab's, nach der Skitour …«

»Stimmt, Tirol, Zäunlkopf, und wir sind mit dieser Schrottkarre von … Wie hieß dein Mitbewohner noch mal?«

»Paul.«

»… genau, Paul, mit dieser Schrottkarre sind wir liegen geblieben.«

»Wären fast erfroren.«

»Ohne Villalobos bestimmt.«

Das Bier kam.

»Ich war dort«, sagte Erik und hob das Glas zum Prosten an.

»Wo?«

»Chile.«

»Wie kommst du jetzt da drauf?«

»Hat mein Leben verändert.« Erik zog sein Smartphone aus der Jackentasche, hielt Coordt ein Foto hin. Zwei Mädchen, offensichtlich Zwillinge. Hinter ihnen stand eine Frau, klein, hübsch, und rechts neben ihnen befand sich ein Häuschen, weiß gekalkt im warmen Licht.

»Das ist Catalina«, Erik zeigte auf die Frau, »und das sind Paula-Franziska und Rosa-Eleonora. Sie sind vier und ziemlich wild.« Er lachte.

Coordt sah Erik an, das offene Gesicht, der breite Mund, der lachte, auch wenn er nicht lachte.

»Glückwunsch. Gar nicht blond, so wie früher.«

Erik trank. Weißer Schaum über seiner Lippe.

»Ja, die Zeiten ändern sich. Und bei dir?«, sagte er, während er das Glas abstellte.

»Ich habe einen Sohn. Frieder. Meine Frau kommt aus München. Sie heißt Franziska.«

»Schöner Name.« Erik grinste. »Und ebenfalls Glückwunsch. Hätten wir damals auch nicht gedacht, dass wir mal Väter werden, oder?«

»Ich schon.«

»Ja.«

»Was machst du in München?«

»Ich arbeite in Chile bei einer Entwicklungshilfeorganisation, die Mikrokredite an Jugendliche vergibt, um der Arbeitslosigkeit und der Armut auf dem Land entgegenzuwirken. Ein Pilotprojekt in Kooperation mit einer Münchner Firma. Ich bin von Anfang an dabei gewesen. So habe ich auch meine Frau kennengelernt.«

»Und wie lange bleibst du?«

»Zwei Monate. Dann geht's endlich wieder zurück zu meiner Familie.«

»Für immer?«

»Ich hoffe es. Ich fühle mich dort mehr daheim und freier, als ich es in Deutschland jemals gewesen bin.«

»Schön für dich. Und weshalb wolltest du mich sehen?« Eine junge Frau verließ die Toilettenräume. Sie lächelte Coordt an, als sie vorbeiging. Wasser tropfte von ihren Händen. Sie wischte sie an den Hosenbeinen trocken.

»Weil ich mich bei dir entschuldigen möchte. Es war nicht in Ordnung, von meinem besten Freund Geld für etwas zu verlangen, für das ich kein Geld hätte verlangen dürfen.«

»Ja«, sagte Coordt.

Sie saßen noch lange da, tranken Bier, redeten über alte Zeiten. Mit jedem Glas spürte Coordt die alte Vertrautheit zwischen ihnen wachsen. Irgendwann dachte er, er könnte ihm davon erzählen. Erik würde bald wieder weg sein.

Das machte es leichter. Außerdem nagte es an ihm, dass Majtken es für traurig und seltsam befunden hatte, weil er mit niemandem darüber redete, was bei ihm los war.

Coordt gab sich einen Ruck. Ohne weitere Erklärungen begann er von Franziska zu erzählen, davon, wie sie war, wie sie lebten, wie sie sich verändert habe, dass er sich vorkomme, als sei er die Marionette eines fremden Mannes.

Früher hätte Erik Coordt Ratschläge gegeben, ihm gesagt, was er tun müsse, damit dieses und jenes passiere. Doch nichts dergleichen sagte er. Erik hörte einfach zu und bestellte Bier, sobald ihre Gläser leer waren.

Es war spät geworden, als Erik sagte, er werde jetzt gehen.
»Tschüss.«
»Ja. Tschüss.«
Sie würden sich wiedersehen. Das wussten sie, ohne es auszusprechen.

Coordt beschloss, noch zu bleiben. Er hatte keine Lust, nach Neubiberg zu fahren. Er wollte weiter abschalten. Er sah sich nach dem Barkeeper um.

Da blieben seine Augen bei der jungen Frau hängen, die ihn vorhin beim Vorbeigehen angelächelt hatte. Ihr dicker, brauner Zopf fiel locker über die Schulter. Geflochten, zwei glänzend rote Kirschen am unteren Ende.

Die Frau bemerkte seinen Blick, neigte das Kinn in seine Richtung, winkte ihn zu sich her, dünne, klirrende Ringe am Armgelenk.

Coordt stand auf, näherte sich den Kirschen. Der Gang zu der Frau geschah wie von allein, als lockte ihn das Klirren der Armreifen an, als spornten die plastikroten Früchte an ihrem Zopf den Bierdurst an, der noch nicht gestillt war.

»Was möchtest du trinken?«, fragte er.

Der Kellner kam, stellte ihnen eine Schüssel mit Erdnüssen auf den Tresen. Die junge Frau bestellte einen Martini für sich und ein Bier für Coordt, während sie in die Schüssel griff und sich eine Handvoll Nüsse in den Mund schüttete. Salz klebte an ihren Lippen. Ein etwas größeres Korn stach hervor. Kleiner kantiger Kristall.

»Du hast die Augen einer Schlange«, sagte sie unvermittelt. »Du siehst mich an, als würdest du mich jeden Moment verschlingen, als wäre ich dein Opfer.«

Coordt sah vom Salzkorn weg und zum Barkeeper hin, wie er mit einem Lappen den Tresen entlangfuhr. Das lackierte Holz glänzte an den gewischten Stellen. Im Hintergrund wummerte der Bass eines Songs im Takt von Coordts Herzschlag.

»Ich bin Klara«, sagte sie weiter. »Ich stelle mich lieber mal vor. Habe gelesen, es falle Angreifern schwerer, ihren Opfern etwas anzutun, wenn sie etwas über sie wissen. Name, Alter, Vorlieben, all so Zeugs.«

»Coordt«, sagte Coordt. »Du hast mich zu dir gelockt, nicht umgekehrt. Wenn hier jemand ein Opfer ist, dann bin das wohl ich.«

Die Kneipe verließen sie erst, als es draußen graute. Die Luft roch frisch. Ein leichter Nebel lag in der Luft, benetzte die Haut mit einer dünnen, wässrigen Sprühschicht. Coordt empfand die Feuchtigkeit als angenehm. Sie reinigte ihn von der verbrauchten Luft in der Kneipe. Plötzlich musste er an Frieder denken, wie er in seinem Bettchen lag und schlief, den Po weit oben, die Händchen unterm Bauch. Kaninchenstellung nannte Franziska diese Schlafposition, weil sie fand, man müsste ihm nur noch einen Bommel an die Windel kleben, und dann würde er nach dem Aufwachen davonhoppeln.

Klara nahm seine Hand, drückte mit ihrer Wärme für einen Moment seine Gedanken weg.

»Ich habe mich lange nicht mehr so gut unterhalten«, sagte sie und streichelte seine Finger.

»Ja, geht mir genauso«, antwortete Coordt, obwohl eigentlich Klara die meiste Zeit geredet und ihm ihre Weltsicht erklärt hatte. Coordt mochte sie. Sie war gutmütig, idealistisch, hatte klare Pläne für ihr Leben. Wenn sie nicht studierte, demonstrierte sie. Es gab so vieles, für das sie eintrat, und das zeigte sie, wann immer es ihr möglich war. Friedlich, mit Plakaten, die sie selbst bemalte. An ihren Fingernägeln zeugten Farbspuren von ihrem Aktivismus im Kampf für eine bessere Zukunft.

»Du solltest deinem Freund eine Chance geben«, sagte sie.

»Das werde ich tun.«

Sie zog an den plastikroten Kirschen.

»Und du solltest weiter die Welt verbessern«, riet Coordt, während sie ihr Haar lockerte.

»Das werde ich tun.«

Klara lächelte. Coordt lächelte zurück.

»Erik würde jetzt sagen, da stehen zwei vermeintlich Fremde, die sich alles gesagt haben.«

»Fast alles, ja«, antwortete sie und trat näher an ihn heran. »Ein bisschen was könnte ich dir aber schon noch erzählen.« Sie spitzte die Lippen, streckte das Kinn vor, Coordt entgegen, fast berührten sich ihre Münder.

»Franziska«, flüsterte Coordt, und Klara nahm sich zurück, ließ seine Hand los.

Coordt wartete an den Isarauen auf Erik, genau an der Stelle, an der sie sich früher immer getroffen hatten, um zu laufen. Vierzehn Kilometer, selten weniger, manchmal mehr.

Eine Menge Menschen schlängelte sich den Trampelpfad oberhalb der Isar entlang. Milchig grün die Farbe des Flusses, sein Strom so gemächlich wie die Spaziergänger im schwachen Licht der Sonne.

Coordt zog das Bein hoch, umfasste mit der Hand das Knie. Die Dehnung tat gut. Er hatte schon lange keinen Sport mehr gemacht. Es sich nur vorgenommen. Immer wieder musste er sich an einem Baum abstützen, um das Gleichgewicht nicht zu verlieren. Die Rinde gräulich gefurcht. Sie fühlte sich spröde an, wie ausgetrocknete Erde, die aufgerissen war und so schnell kein Wasser mehr würde aufnehmen können. Coordt erinnerte sich an einen Dokumentarfilm, den er als Kind gesehen hatte. Da zerkaute ein angeschossener Indianer so lange Baumrinde, bis eine weiße, schaumig weiche Masse daraus entstand, die der Verletzte über seine Wunde legte. Kurz darauf war sie wieder verheilt.

Sanft strich Coordt mit den Fingerkuppen über eine der Furchen.

»Hast du auch so einen Kater?«, ertönte Eriks Stimme, der plötzlich neben ihm aufgetaucht war, ganz in Grau, Hose wie Kapuzenpulli.

Sie liefen los, an Spaziergängern und Hunden vorbei, überholt nur von Fahrradfahrern, die Helm trugen und ihre Rücken rundeten.

Das Laufen hatte sie stets verbunden. Einmal hatten sie sogar ein Video von einem ihrer Läufe gedreht, im Zeitraffer, und es *Lauf in die Freiheit* genannt. Es war Eriks Idee gewesen. Und kein gewöhnlicher Lauf, sondern barfuß. Ihre Füße waren hinterher abgeschürft gewesen, blutig an manchen Stellen. Eine Woche lang hatten sie kaum auftreten können. Trotzdem war es keine Qual gewesen, sondern ein von ihnen zelebrierter Genuss. Weil sie ihre Grenzen testen wollten. Wie weit sie sie verschieben konnten. Weil sie herausfinden wollten, was allein ihr Wille mit ihnen machte, wenn sie ihn nur hatten. Sie dokumentierten ihre Blessuren. Jeden Abend, bevor sie zu Bett gingen, machten sie eine Aufnahme. So hielten sie den Genesungsfortschritt fest. Erik stellte ihn ins Netz. Auch das Video ihres Laufs, das nur die sich bewegenden Füße zeigte, im Gleichschritt.

Zwölftausend begeisterte Zuschauer.

Daumen hoch.

Coordt glaubte, er würde das Tempo nicht lange halten können. Nicht in dem Zustand. Viel Bier, wenig Schlaf. Aber aufgeben, bevor Erik aufgab, durfte er nicht. Also lief er weiter, ignorierte, so gut es ging, die Anstrengung, die er sich selbst abverlangte.

Erst später, als sie den Mittleren Ring längst hinter sich gelassen hatten, drosselten sie die Geschwindigkeit. Erik als Erster. Coordt passte sich ihm an.

Sie befanden sich auf dem Hochweg, die Menterschwaige

lag bereits hinter ihnen. Kahl war der Wald, der sie umgab. Hier waren sie oft gewesen, als Freunde noch, lange vor Frieder. Und vor Franziska.

»Zurück?«, sagte Coordt und hörte die Bitte in seiner Frage. Erik nickte.

Bei der Großhesseloher Brücke musste Coordt stehen bleiben. Heftiges Seitenstechen zwang ihn dazu. Es war mit den langsameren Schritten gekommen.

»Was ist nur aus dir geworden?«, sagte Erik und lachte.
»Ich habe lange nicht mehr trainiert«, antwortete Coordt.
»Kneipe oder Sport?«
»Beides.«
»Bis wann warst du gestern noch aus?«
»Bis vor fünf Stunden.«
»Echt jetzt?«
»Ich war so betrunken, dass ich mich mit Klara über dich unterhalten habe, wenn ich nicht gerade einen Vortrag über die Verbesserungswürdigkeit der Welt erhielt.«
»Wer ist Klara?«
»Die Frau aus der Kneipe.«
»Sieh an! Und was sagt die Frau aus der Kneipe?«
»Dass ich dir eine Chance geben soll.«
»Ich dachte, die hast du mir gestern schon gegeben.«
»Ich habe zu deiner Entschuldigung nur Ja gesagt. Mehr nicht.«
»Ja.«

Coordt umfasste das Gitter der Brücke, das so hoch gezogen war, dass sich niemand hinunterstürzen konnte. Er sah auf den Fluss. Niedrig der kalkig grüne Strom. Er hob eines der Schlösser an, das um den Drahtzaun gehängt worden war. *Für immer wir* stand darauf. Coordt ließ das Schloss los, sah auf die Rostspuren an seinen Fingern, wischte sie sich an der Hose ab.

»Komm weiter, bevor wir auskühlen«, sagte er.

»Mir haben die guten, intensiven Gespräche mit dir wirklich gefehlt«, antwortete Erik. Ein Lächeln breitete sich über seinem Gesicht aus, ging bis zu den Segelohren.

Zweieinhalb Wochen waren vergangen, seit Coordt seine Frau und seinen Sohn das letzte Mal gesehen hatte. Länger konnte er keinen grippalen Infekt vortäuschen – und wollte es auch nicht.

Er verabredete sich mit ihnen auf dem Spielplatz am Schopenhauer Wald. »Lieber gleich draußen.« Die Sonne schien, ein heller Tag. Frieder rannte auf ihn zu, warf sich ihm in die Arme. Franziska, im offenen, senfgelben Mantel, schob den Buggy hinter ihm her, das Licht malte ihr eine Krone ins Haar.

Coordt drückte seinen Sohn fest an sich, vergrub die Nase in seiner weichen Haut. Franziska trat auf ihn zu, nahm ihn ebenfalls in die Arme, löste sich von ihm, eine Hand auf seiner Wange, mitfühlender Blick. Sie war ungewöhnlich redselig, erkundigte sich sofort nach seinem Befinden, sagte, es sei ihr wie eine Ewigkeit vorgekommen, dass sie sich nicht mehr gesehen hätten, und sie habe das Gefühl, er weiche ihr aus, sie habe so oft versucht, ihn anzurufen und nur seine Mailbox dran gehabt, sie wisse ja auch, wieso, Bobo, das getrennte Leben auf ungewisse Zeit, ihr Schweigen über Bobos Gesundheitszustand, sie habe viel nachgedacht und auch mit Majtken darüber geredet, die ihr eine große Hilfe gewesen sei, sich besser in Coordt hineinzuversetzen, es tue ihr leid, nicht wenigstens versucht zu haben, ihn zu verstehen und seine Sorgen ernst zu nehmen, Majtken sei eine gute Freundin und habe viel übrig für ihn, auch wenn er sich das sicherlich nicht vorstellen könne, aber Majtken stehe voll auf seiner Seite und habe ihr ganz schön den Kopf gewaschen. Sie fuhr mit beiden Händen in die Locken, bauschte sie auf. Ein Schwall Frühlingsduft wehte zu Coordt herüber.

Coordt sah seine Frau an und spürte, wie sein Unwohlsein nachließ. Er dachte daran, was Erik ihm gesagt hatte, als sie von der Großhesseloher Brücke zu ihrem Startpunkt zurückgelaufen waren. Franziska nichts zu verschweigen, hatte er ihm geraten. »Jetzt, da du mir als Freund noch eine Chance gibst, kann ich dir auch wieder Ratschläge geben«, hatte er ergänzt. »Auf meiner Reise durch Südamerika habe ich etwas gelernt: Alles, was nicht passend ist, mache passend. Was ich damit sagen will: Hör auf, darauf zu warten, dass sich etwas ändert, ändere es.«

»Amen«, hatte Coordt geantwortet und auf Eriks Unterarm gezeigt, wo sich das Tattoo befand, das Erik sich in einem Studio in Miraflores hatte stechen lassen. Dort hatte er auch seine Frau kennengelernt, eine Heilige, wie er sagte, sakrosankt.

Frieder beschwerte sich, stampfte mit den Füßen auf dem Boden. Er wollte das Sandspielzeug aus dem Buggy holen und war mit dem Henkel am Netz des Unterkorbes hängen geblieben. Franziska half ihm, stellte den Eimer in den Sand, strich Frieder über den Rücken.

»Ich bin dir gefolgt«, sagte Coordt und zeigte auf seinen Sohn. »Ich habe euch gesehen. Dich und Frieder und den Mann. Er hat ihn beruhigt. Es sah aus, als hätte er ihn gern und als könne auch Frieder ihn gut leiden. Ich habe

Bobo in dem Moment gehasst. Dafür, dass er meinen Platz einnimmt. Dass er mich von meiner Familie trennt, die ihm die Nähe gibt, die mir fehlt. Ich weiß, so ist es nicht, aber so empfand ich es. Ich will, dass du das weißt. Ich habe dich angelogen, ich war nicht krank. Nur verletzt und wütend. Nicht nur auf Bobo, mehr noch auf dich und auf mich. Das vertrug sich nicht. Ich wollte dich nicht sehen. Ich fühle mich fremd und habe keine Ahnung, wie ich das ändern soll. Und ich habe Erik gesehen. Er hat mir auch den Kopf gewaschen, so wie Majtken dir. Er hat mir gesagt, ich soll dir alles sagen. So, jetzt weißt du es.«

Franziska reichte Frieder eine der bunten Schaufeln, dann ging sie die paar Schritte zurück und auf Coordt zu.

Sie sahen sich an.

»Der Arzt hat gesagt, Bobo hat nicht mehr lange. Es könnte jeden Tag so weit sein.« Sie senkte den Blick.

Coordt nahm ihre Hand. Er wünschte sich, er könnte sagen, wie sehr er es bedaure, doch er konnte es nicht. Er wusste, Franziska würde es ihm nicht abnehmen. Dennoch tat es ihm leid. Nicht, dass Bobo starb, sondern dass es seiner Frau nicht gut ging.

»Ich kann nicht mehr«, sagte sie. »Es ist so schwer, für jemanden da zu sein, der stirbt. Ich weiß nicht, wie das geht. Ich mag ihn, verstehst du. Er ist nett zu mir. Er macht mir Komplimente. Aber nicht so, wie du vielleicht denkst. Wie ein Vater oder Großvater. Er sagt mir, wie er mich sieht, und das ist so viel größer als das, wie ich mich sehe, und auch größer als das, was ich bin. Er schmeichelt mir. Er meint, die Wohnung würde mir gut stehen. Ich passte da hinein, als wäre ich seine Tochter. Ich habe mich nie als

Tochter gefühlt. Ich wäre gerne eine gewesen. Jetzt bin ich es. Manchmal wünschte ich, er würde nicht sterben. Und dann denke ich an dich, an uns und hoffe, es geht schnell vorüber.«

Coordt saß auf seinem Bett und sah durchs Fenster nach draußen. Die Morgenluft war voller Staub, gut sichtbar wegen des schrägen Lichts, das durch die Jalousie fiel.

Er stand auf, öffnete das Fenster. Ein warmer Wind kam ihm entgegen. Ein guter Tag, dachte Coordt und lächelte.

Viele, die Coordt kannte und die nicht in München oder in der Umgebung aufgewachsen waren, bekamen vom Föhn Kopfschmerzen. Nicht so Coordt. Er genoss den milden, trockenen Fallwind, der von den Hängen der Alpen kam. Oft ein Vorbote des Tauwetters.

Das Smartphone meldete sich. Als Coordt ranging, hörte er ein tiefes Schluchzen. Kein haltloses, mehr ein In-sich-Hineinweinen. Geduldig wartete er, dass Franziska etwas sagte. Er ahnte es, doch er wollte es nicht aussprechen.

»Bobo ist …«, presste Franziska irgendwann hervor, es mussten Minuten vergangen sein, »… tot.« Dann erst brach es aus ihr heraus, laut und schmerzlich.

Coordts Zehen begannen zu kribbeln, als seien seine Füße eingeschlafen. Von ihnen ging ein Schauer aus, der sich über seinen gesamten Körper ausbreitete und ihm den Schweiß aus den Poren trieb. Er roch den Knoblauch der Tiefkühlpizza vom Abend zuvor, ignorierte das stolpernde Herz. Es war wieder zur Gewohnheit geworden.

»Das tut mir sehr leid«, sagte Coordt und meinte es auch so. Zum ersten Mal seit Langem sah er Bobo in einer anderen Szene vor sich als der auf der Straße, als er Frieder auf den Arm gehoben hatte. Er sah ihn mit seiner Lesebrille und dem Buch in der Hand, den Blick konzentriert auf die Seiten gerichtet, und fand das Bild, das er vor Augen hatte, nicht unangenehm. Und dennoch, er konnte es nicht leugnen, Bobos Tod fühlte sich an wie Befreiung. Und wie Zukunft.

Franziska weinte nur noch mehr. Quälend ihre Trauer, die durch das Gerät zu ihm drang.

»Wo ist Frieder?«, fragte Coordt.

Nur Schluchzer.

»Fanni, ist Frieder bei dir?«

Ihre Stimme entfernte sich, als hätte sie das Handy fallen gelassen.

»Ich bin gleich da.«

Coordt legte auf.

Sanft empfing ihn der Wind, als er zum Auto rannte. Es duftete nach Erde und nach frischem Grün, das darauf lauerte, loszusprießen.

Als Coordt das Gebäude betrat, kam Majtken gerade aus der Wohnung im Erdgeschoss. Sie trug Frieder auf dem Arm. Er weinte. Es hörte sich an, als hätte er schon sehr lange geweint. Keine Tränen mehr, nur noch ein Wort in ständiger Wiederholung. Wie ein Mantra. Es hallte im Eingangsbereich wider.
Mama.
Mama.
Mama.
Coordt rannte auf die beiden zu. Sofort erhellte sich Majtkens Gesicht. Frieder hingegen schien ihn gar nicht wahrzunehmen. Er sah an ihm vorbei, wie in Trance. Auch als Majtken Frieder etwas zuflüsterte, veränderte sich sein Gesichtsausdruck nicht.

Majtken hielt Coordt den Kleinen hin wie eine Vase, die sie sich ausgeliehen hatte. Frieder hing in der Luft und rührte sich nicht. Nur Frieders Mund war geöffnet, dem weiterhin ein einziger Klagelaut entwich: *Mamamamamama.*

Coordt schloss seinen Sohn in die Arme, küsste ihn und strich ihm über das von Majtkens flauschigem Pullover elektrisch aufgeladene Haar. Fragend sah Frieder ihn mit großen Augen an. Verloren kam ihm sein Sohn vor. Und hundemüde. Coordt streichelte ihm über den Rücken, sagte tröstend »Ich bin's« und »Ich bin zu Hause, mein Junge«, küsste ihn dann wieder und wieder, Stirn, Nase, Wangen, Kinn.

Da legte Frieder den Kopf an seinen Hals und verstummte. Coordts Herz stolperte. Er würde bald zum Arzt gehen müssen, die zusätzlichen Schläge wieder einmal zählen lassen. Mit Bobos Tod war die Zeit gekommen, das Stolpern seines Herzens nicht mehr als unwichtig abzutun. Jedes Mal, wenn jemand starb, den er kannte, wurde ihm die eigene Sterblichkeit wieder bewusst.

Coordt hatte es viermal erlebt, zum Glück nicht öfter. In der Schule, als ein Klassenkamerad bei einem Orchesterwochenende vom Balkon des Jugendschullandheims geflogen war und sich das Genick gebrochen hatte. Sechzehn Jahre. Blondes Haar. Posaune. Immer am Grinsen und Sprücheklopfen. Eine Frohnatur. Deckel drüber. Erde drauf. Aus. Danach hatte Coordt nicht mehr gemeckert, wenn der Wecker klingelte und er sich für die Schule fertig machen musste. Er war aufgestanden, hatte in den Spiegel gesehen und trotz der Akne, die ihn bedrückte, *Carpe diem* gesagt. Das waren so ziemlich die einzigen lateinischen Wörter, die ihm nach mehrjähriger humanistischer Ausbildung im Gedächtnis geblieben waren.

Elf Monate später dann der Autounfall der Nachbarstochter, zwei Jahre älter als Coordt. Sie hatten kaum Kontakt gehabt, zu unterschiedlich ihre Interessen. Sie ein Punk mit Undercut und grünen Haarspitzen, die an der Bushaltestelle selbst gedrehte Zigaretten rauchte, er der introvertierte Normalo, dem jegliches Auffallen zuwider war. Der Unfall geschah nur zwei Straßen von ihrer Häuserreihe entfernt. Sie fuhr mit dem Auto ihrer Mutter mitten in der Nacht gegen eine kränkelnde Kastanie und war sofort tot. Auf der Beerdigung, zu der ihn seine Eltern zwangen, waren viele Mädchen gekommen, eine Menge bunter Haare. Coordt hatte sich ganz nach hinten verzogen, hörte die Trauernden weinen, spürte, wie ihr Schmerz ihn durchdrang. Als der Sarg in die Erde gelassen wurde und die Schluchzer am lautesten waren, sah er seine Nachbarin vor sich in der Kiste liegen mit ihren gelben Fingern vom Rauchen. Da kamen auch ihm die Tränen, und er bereute es, nie auch nur ein Wort mit ihr geredet zu haben, wegen der grünen Haare und der Zigaretten, die stanken, nicht mal mehr ein Hallo an der Bushaltestelle hatte er für sie übrig gehabt, dafür ein Weggucken, genau wie sie, als hätten sie sich noch nie im Leben gesehen. Warum?, hatte er sich gefragt.

Vor fast vier Jahren dann Franziskas leibliche Mutter, keine sechs Wochen nachdem Franziska ihn ihr vorgestellt hatte.

Ein Anruf, eine Bitte, Franziska möge vorbeikommen. Keine Erklärung, weshalb sie ausgerechnet in den letzten Stunden auf der Palliativstation an ihre Tochter dachte, an der sie bis dahin ihr ganzes Leben kein Interesse gezeigt hatte. Franziska war nach dem Anruf aufgewühlt gewesen, hatte hin und her überlegt, was sie tun solle, und sich schließlich dafür entschieden, in die Klinik zu fahren, danach könne sie sicherlich ganz abschließen, nicht nur so halb.

»Jetzt ging es doch schnell«, sagte Franziskas Mutter, als sie allein mit ihr waren. Der bevorstehende Tod hatte ihr die Unnahbarkeit genommen. Auf ihrem Handrücken zeichneten sich deutlich die Adern ab. Blaue Stränge, durch die hoch dosiertes Morphium floss. Sie atmete flach. Ihr Mund war trocken. Weiße Ränder hatten sich um ihn gebildet. Da legte sie den Kopf zur Seite, verharrte in dieser Position, öffnete den Mund und sagte kaum verständlich: »Jetzt krieg ich, was ich verdient habe.« Ihr Blick veränderte sich. Eine Art Schleier legte sich über ihre Augen, nahm ihnen den Glanz. Es sah aus, als würde sie in sich hineinsehen.

Kann man mit glanzlosen Augen erkennen, dass die Augen glanzlos sind? Diesen Satz hatte Coordt einmal nach dem Duschen in den großen, beschlagenen Spiegel geschrieben. Fünfzehn oder sechzehn musste er gewesen sein und haderte mit sich und seinem Dasein. Er hatte zugesehen, wie die Zeilen verschwanden, während der Dampf verflog. Tage danach noch ließ er seine Frage aufleben. Er musste dafür nur gegen den Spiegel hauchen, damit einzelne Buchstaben für einen kurzen Moment erneut hervortraten, aber nie der vollständige Satz.

Als Letzter sein Großvater, der in seinem Sessel eingeschlafen war, lange nachdem er sich schon von der Welt verabschiedet hatte, die er nach und nach vergaß.

»Gut, dass du da bist«, sagte Majtken und riss Coordt aus seiner Erinnerung. »Frieder ist ziemlich verstört. Er versteht nicht, was vor sich geht, aber er spürt es. Es ängstigt ihn.«

»Ja«, sagte Coordt. »Danke, dass du dich um ihn gekümmert hast … und …«

»Ja?«

»Danke.«

Majtken legte eine Hand auf seinen Unterarm. »Franziska ist oben. Besser, du gehst jetzt zu ihr.«

Langsam, Frieder an sich geschmiegt, der erneut angefangen hatte, in monotoner Wiederholung nach seiner

Mutter zu verlangen, ging Coordt die Treppe nach oben. Nach ein paar Stufen begann Frieder damit, Coordts Ohrläppchen zu zwicken – ein Zeichen, dass er bald einschlief.

Coordt sang Franziskas Gutenachtlied, ganz leise nur, weil er die Töne meist nicht richtig traf. Frieders Augen waren schon fast geschlossen. Seine Klagelaute wurden leiser. Sein leicht geöffneter Mund machte keine große Bewegung. Coordt umklammerte Frieders Finger, streichelte sie. Kaum hörbar veränderte sich das Mantra. *Mamamamamamapapapapapapapa.*

Er läutete. Franziska öffnete nicht. Er klingelte noch einmal. Nichts. Frieders Atemzüge tief an seiner Schulter.

Coordt pfriemelte den Schlüssel aus der Hosentasche. Es war nicht leicht, an ihn heranzukommen. Frieder wog inzwischen mindestens so viel wie ein Karton voller Milchpackungen, ließ sich nicht mehr ohne Weiteres auf einem Arm tragen, vor allem nicht, wenn er schlief und sich nicht an ihm festhielt.

Der Boden knarzte, als er den Vorraum betrat. Es roch abgestanden in der Wohnung. Sie musste schon länger nicht mehr gelüftet worden sein, was Coordt wunderte, legte Franziska doch sonst so viel Wert auf gute, frische Luft.

Er schritt durch den Flur. Kreuz und quer lagen Schuhe. Aber keine von dem Mann. Die Badtür war halb offen. Am Boden ein großes, feuchtes Handtuch, wie einfach mittendrin fallen gelassen. Das Badewannenwasser war nicht ganz abgelaufen. Wohl schon seit Tagen nicht. Ein gräulicher Seifenrand hatte sich dort gebildet, wo das Wasser gestanden hatte.

In der Küche stapelte sich benutztes Geschirr. Auf dem Tisch lagen Zeitungen, ungelesen. Auch Post, nur zum Teil geöffnet.

Coordt warf rasch einen Blick ins Kinderzimmer. Der

Windeleimer unter dem Wickeltisch quoll über. Sauer stieg es in ihm auf. Er ging zum Fenster, öffnete es und eilte wieder hinaus, eine Hand auf Frieders Hinterkopf, der weiterschlief. Coordt atmete durch.

Was hatte Franziska nur die letzten Wochen getan? Was war los? Es war nicht ihre Art, keine Ordnung zu halten.

Das Schlafzimmer wirkte halbwegs aufgeräumt. Das Bett war gemacht, nur ein paar Klamotten bedeckten den Boden. Aber es roch ebenfalls nicht gut in dem Raum. Coordt öffnete auch hier das Fenster.

Das Wohnzimmer hingegen sah aus wie an dem Tag, an dem er die Wohnung verlassen hatte, Bobos langen Schatten im Rücken. Hier müffelte es nicht.

Coordt steuerte das Sofa an, legte dort behutsam seinen Sohn ab, blieb einen Augenblick bei ihm sitzen, strich ihm eine Strähne aus der Stirn. Dann holte er zwei Stühle, stellte sie mit der Lehne an den Sofarand und beschwerte sie mit ein paar Kunstkatalogen, damit Frieder nicht hinunterfiel, falls er sich bewegte.

Vor Bobos Tür blieb er stehen. Wie oft hatte er sie nachts von der Küche aus angestarrt und gehofft, sie würde verschlossen bleiben, während er gleichzeitig gehofft hatte, sie würde sich öffnen und der Mann würde heraustreten und sehen, dass er dasaß und auf ihn wartete.

Coordt klopfte an. Als sich nichts rührte, trat er ein.

Das Erste, was er sah, war Franziska. Sie saß im Schneidersitz auf einem großen Bett, das in der Ecke des Zimmers stand, die Bettdecke mit tannengrünem Satin überzogen. Das Gesicht hatte sie hinter einem Vorhang aus Locken versteckt.

»Hallo, Fanni«, sagte er. »Ich habe Frieder bei Majtken

abgeholt. Er schläft im Wohnzimmer auf dem Sofa. Er hat nach dir gerufen.«

Franziska sah kurz auf, verweinte Augen. Coordt glaubte, sie nicken zu sehen, aber sicher war er sich nicht. Hinter dem Bett zog eine gerahmte Schwarz-Weiß-Fotografie seinen Blick auf sich. Eine junge Frau in einem Café war darauf zu sehen. Sie rauchte, schaute verführerisch über den Rand ihrer Sonnenbrille auf Franziska herab. Coordt glaubte, die Vermieterin auf dem Foto zu erkennen, der lange Hals, die edle Erscheinung.

Er sah wieder zu Franziska, ging langsam auf sie zu. Da erst entdeckte er Bobo neben ihr, die Decke bis zum Kinn hochgezogen. Coordt blieb stehen. Er hatte ihn beim Eintreten gar nicht bemerkt. Er hatte ihn auch nicht in der Wohnung erwartet, sondern beim Bestatter. Bobos lange Statur hob sich unter der Decke kaum vom Rest des Betts ab.

Franziska und der Tod – das passte nicht zusammen. Damals, als ihre Mutter im Sterben lag, hatte sie ihre Stirn fest an Coordts Brust gedrückt und gesagt, sie wolle den Tod unter keinen Umständen sehen, Coordt solle sie bitte rechtzeitig aus dem Zimmer führen. Er hatte gefragt, ob sie sich sicher sei, jetzt habe sie noch die Möglichkeit, ihrer Mutter in den letzten Minuten beizustehen. Doch sie hatte nur immer wieder den Kopf geschüttelt. »Ich will nicht neben dem Tod sitzen.«

Nach dieser Erfahrung hätte Coordt es niemals für möglich gehalten, seine Frau neben dem Leichnam des Mannes zu sehen.

»Fanni«, begann er vorsichtig. »Hast du schon jemandem Bescheid gegeben?«

Er redete langsamer, als er wollte, zeigte dabei auf den Mann, dessen Augen geschlossen waren, ein leichtes Lächeln auf den trockenen Lippen. Sein Großvater kam ihm in den Sinn und dass der Tod milde macht.

Franziska weinte nun lauter, nickte. Jetzt sicher. Coordt legte eine Hand auf ihre Schulter. Kaum, dass er sie berührte, kippte sie zu ihm hin, schmiegte sich an seinen Bauch. Er spürte die Wärme ihrer Tränen, die sein Shirt durchnässten. Er roch ihr Haar, genoss den vertrauten Duft. Er zwirbelte eine ihrer Locken um seinen Zeigefinger, zog sie gerade. Und da, genau in dem Moment, spürte er sie, die Erlösung.

Bobo hatte an alles gedacht. An seine Beerdigung. An alle Unterlagen, die dafür nötig waren. Sein Tod war bestens vorbereitet. Selbst sein Bereich in der Wohnung wurde leer geräumt, drei Stunden nachdem der Arzt Bobos Tod festgestellt hatte und eine Stunde nachdem er vom Bestattungsunternehmen abgeholt worden war. Zwei junge Männer kamen. Sie sprachen nur gebrochen Deutsch, hielten Coordt, als er ihnen die Tür öffnete, einen Wisch vor die Nase, der sie dazu legitimierte, Bobos Habseligkeiten aus der Wohnung zu schaffen.

Die Fotografie der Frau im Café wurde zuerst abgehängt, in ein Filztuch gelegt und verschnürt. Dann kam das große Bett dran. Sie bauten es auseinander, die Seitenteile banden sie zusammen, trugen sie mit Gepolter durchs Treppenhaus. Die schweren, steifen Vorhänge fanden in Kartons Platz. Auch Bücher, eine Stereoanlage, die wenige Kleidung. Eine Sackkarre beförderte eine Kiste nach der anderen an Coordt vorbei hinaus in den Flur bis raus auf die Straße.

Währenddessen durchschritt Coordt die gesamte Wohnung. Er öffnete alle restlichen Fenster, dass der warme Wind durch die Räume blies, brachte den vollen Windeleimer und den Biomüll weg, auch die Weinflaschen, die sich angesammelt hatten, nahm er mit. Er spülte ab, wischte mit einem feuchten Lappen über die Flächen, die es besonders nötig hatten. Staubsaugen würde sich erst lohnen, wenn die Männer weg waren.

Franziska hatte sich mit Frieder ins Kinderzimmer zurückgezogen. Die Tür hielt sie geschlossen. Sie wollte nicht gestört werden. Coordt wusste das, ohne dass sie es ausgesprochen hatte. Er trat nicht ein. Er ließ ihr die Zeit, die sie brauchte. Nur von hin und wieder lauschte er an der Tür, ein Ohr am Holz. Dahinter war es ruhig.

»Wohin kommt denn das ganze Zeug?«, fragte Coordt die Männer. Er war ihnen in das kleine Bad gefolgt, das direkt an Bobos Zimmer grenzte und das Coordt nun zum ersten Mal betrat. Kleine Mosaikfliesen, Dusche, Waschbecken, Toilette, kein Fenster, aber alles hochwertig ausgestattet.

Sie hielten in ihrer Arbeit inne, sahen ihn an, schoben die Unterlippen vor, ohne zu antworten. Dann machten sie weiter. Große, raue Hände leerten ein schlankes Regal von Tabletten und kleinen gefalteten Handtüchern, schraubten es ab. Coordt sah den Männern in den roten T-shirts dabei zu, wie sie sich an ihm vorbeischoben, immer etwas in der Hand, ein Brett, ein Seitenteil, eine Kiste. Ihre klobigen Stiefel hinterließen Erde auf dem Parkett, von den Sohlen zu kleinen Briketts geformt.

Später stellte Coordt sich an das Fenster des Mannes, genau an die Stelle, an der er sich so oft gewünscht hatte, Bobo zu sehen, wenn er von der Arbeit nach Hause gekommen war und in den dritten Stock gestarrt hatte. Coordt wartete, bis die Männer auf der Straße erschienen. Er verfolgte ihre Bewegungen, langsam, behäbig, trotzdem mit viel Kraft. Für einen Augenblick beneidete er sie für die Einfachheit ihrer Tätigkeit. Einpacken, Aufladen, Abladen. Ruhe.

Der Transporter parkte in zweiter Reihe. Die Warnlichter blinkten. Coordt musste an *Lost in Translation* denken, den Film, den er mit Franziska sicherlich schon sechsmal angesehen hatte, an die Szene, in der Scarlett Johansson und Bill Murray an der Bar sitzen, hinter ihnen das nächtliche Tokio, sichtbar durch die großen Scheiben des Hotelgebäudes. Ein rotes Licht pulsiert neben Johansson, eines neben Murray. Jeweils im Wechsel, aneinander vorbei. Johansson und Murray beginnen zu reden, lernen sich kennen. Die Worte wie die Schlucke, die sie von ihren Drinks zu sich nehmen, mit Pausen dazwischen, in denen sich die Lichter hinter ihnen ganz langsam, beinahe unmerklich, in ihrer Blinkgeschwindigkeit anpassen, bis sie zusammen schlagen, im Einklang. Oder hatte er sich das nur gewünscht?

Die Heckklappen des Umzugswagens wurden zugeschlagen. Coordt glaubte, den Knall zu hören, obwohl kein Laut an sein Ohr drang. Die Männer stiegen ein. Einer von ihnen sah nach oben, bevor er ganz im Wageninneren verschwand. Ihre Blicke trafen sich. Dann fuhr der Wagen um die Ecke, zog eine bläuliche Abgaswolke hinter sich her.

Mit den Knien berührte Coordt die Heizung. Sie war an, trotz des milden Wetters, wärmte durch die Jeans Coordts Haut. Er streckte die Arme nach oben, legte die Handinnenflächen auf die Fensterscheibe, hauchte einen Kreis dagegen und sah dabei zu, wie er allmählich wieder verschwand.

»Was machst du da?«

Coordt drehte sich um. Franziska stand im Türrahmen, Frieder an der Hand, seine Augen klein vom Schlaf und dennoch voller Neugierde.

»Nichts.«
»Das sieht aber nicht nach nichts aus.«
»Ich habe gegen das Fenster gehaucht.«
»Wieso?«
»Um zu sehen, wie viel Luft ich noch habe.«
»Und?«
Er zeigte auf die Scheibe. »Schon weg!«

Frieder rannte auf ihn zu, streckte ihm die Hände entgegen. »Fida auch. Fida auch.«

Erik half Coordt beim Umzug.

Coordt beobachtete seinen Sandkastenfreund, wie er mit Ruhe und Akribie Gläser und Tassen in Papier einwickelte und in einen der Kartons legte, wie er hier und da mit dem Bund seines Kapuzenpullis über einen Kalkfleck fuhr und ihn abrieb.

Es rührte Coordt an, von Erik diese Unterstützung zu kriegen. Was die Menge seines Besitzes anging, so brauchte Coordt ihn nicht wirklich. Er hätte alles auch allein verstauen und zurück in die Wohnung bringen können. Dennoch tat es ihm gut, ihn bei sich zu wissen. Er hatte Erik nicht einmal mehr bitten müssen. Erik hatte es von sich aus angeboten, als sie wieder einmal gemeinsam an der Isar gelaufen waren.

»Bei der Gelegenheit lerne ich endlich deine Frau kennen. Und deinen Sohn!«

Erik staunte, als er in die Wohnung trat. »Ganz ehrlich: Dafür hätte ich kein Problem gehabt, für ein paar Monate nicht mit meiner Familie zusammenzuleben«, sagte er und sah sich um.

»Schon klar, dass du das sagst«, meinte Coordt.

Erik bewunderte jedes Zimmer. »Was für ein Palast! Das hört ja gar nicht mehr auf. Wenn man sich überlegt, wie wir angefangen haben.« Er ging zu der Tür des Mannes. Sie war zu. »Da hat er gelebt?«

Coordt nickte.

Erik öffnete sie, schaute sich auch in Bobos Bereich um, sagte permanent »Wow!« und »Ich fass es nicht!«.

Coordt war nicht mit hineingegangen, wartete, dass Erik wieder herauskam. Er ging ungern in das Zimmer. Er hatte geglaubt, er würde sich wie ein Sieger fühlen, wenn er sich durch seine Räume bewegte, wenn er durch sein Fenster blickte, wenn er sich in seiner Kochnische einen Kaffee machte, wenn er sein Bad benutzte, in seine Toilette pinkelte. Doch so war es nicht, egal, wie oft er auch versucht hatte, Bobos Bereich zu seinem zu machen, er fühlte nur, wie sich der Schatten des Mannes über ihn legte.

Immer wieder hatte sich Coordt gefragt, was Bobos Tod für seine Beziehung bedeutete – und fand doch keine klare Antwort darauf. Er war hin und her gerissen. Einerseits hatte er den Eindruck, eine Prüfung bestanden zu haben, an der er mit seiner Familie fast gescheitert wäre. Andererseits war die anfängliche Erleichterung einer noch größeren Leere gewichen als zuvor schon. Was änderte Bobos Tod? Er konnte wieder zurück zu seiner Familie, wie er es ersehnt hatte, ja. Und sie besaßen eine Traumwohnung, für die sie allerdings einen saftigen Kredit bei der Bank aufnehmen mussten, um die Schenkungssteuer begleichen zu können. Coordt hatte sogar seine Eltern um Unterstützung bitten müssen, um den Kredit überhaupt genehmigt zu kriegen. Sie überraschten ihn, sagten ohne zu zögern zu, sie hätten da noch Reserven vom Großvater, eigentlich vorgesehen für ihre eigene Altersvorsorge, aber so eine Gelegenheit komme bestimmt nicht wieder.

An Franziska jedoch kam Coordt nicht heran. Es erschien ihm, als verwandle sich ihre Trauer um Bobo in Wut, sobald sie ihn sah. Das verletzte ihn, er hatte sich anderes erhofft. Dass sie feiern würden, zum Beispiel, wenn ihr die Wohnung tatsächlich gehörte. Er hatte sich mit Franziska am Starnberger See gesehen, Hand in Hand an den Villen vorbeispazierend, an deren Gartentoren es Klingeln, aber keine Namensschilder gab. Sie schauten in den leuchtenden Himmel und auf die Lachmöwen, die ihre Kreise zogen. An seiner Lieblingsstelle unter den Bäumen legten sie eine Decke aus, über ihnen die schützenden Zweige, während das Seewasser so hohe Wellen schlug, man hätte meinen können, es schmecke salzig. Sie zogen sich aus, ohne sich aus den Augen zu lassen. Das Wasser war kühl, gerade gut für die Getränke, die er an den Uferrand gelegt hatte.

Coordt nahm Franziskas Gänsehaut wahr und ihren Willen, es durchzuziehen, wenigstens einmal unterzutauchen, und sei es auch nur für eine Sekunde. Sie stand bereits im See, knöcheltief, als er an sie herantrat und einen Arm um ihre Schulter legte. Gemeinsam schritten sie voran, immer weiter, bis das Wasser sie ganz umhüllte.

Später breitete er das große Handtuch aus, fing sie damit ein, wies vor sich auf die Decke, wo er die Kronkorken der Bierflaschen springen ließ. Schaum quoll über, das Abschlürfen immer ein Grund zur Freude – für ihn, für sie, eine Gemeinsamkeit, die sie teilten, seit sie sich kannten, alltäglich und doch bedeutend. Er prostete ihr zu, sie küsste ihn, er fuhr mit den Fingern über ihre Haut. Sie flüsterte, er solle weitermachen, sie hätten es sich verdient. *Verdient.*

Er hatte sogar daran gedacht, seine Eltern einzuladen, zum ersten Mal ganz offiziell, vielleicht mit Karte, geschickt per Post und mit ein paar Buntstiftstrichen, von Frieder selbst gezogen.

Nun war es so weit. Coordt war zurück. Die Wohnung war frei von dem Mann, der ihr Leben verändert hatte. Aber feiern wollte Coordt das nicht mehr. Er wusste, die Wellen des Sees würden nicht einmal ihre Knöchel berühren und auch nicht salzig schmecken; kein Schaum würde aus den Flaschen quellen und in ihren Mündern zerplatzen, ganz gleich ob bitter, trocken, süß. Er wusste, Franziska würde schon allein die Idee, auf die Wohnung anzustoßen, anstößig finden und einmal mehr zum Friedhof gehen als sonst. Er hatte zufällig beobachtet, wie sie ein Pflänzchen samt Gartenschaufel in einer roséfarbenen Jutetasche verstaute, und gefragt, was sie damit vorhabe, obwohl er die Antwort ahnte. »Friedhof« hatte sie gesagt, »er liebte die vielseitigen Eigenschaften der Mimose, ihre Feinde mit üblem Geruch an der Wurzel zu vertreiben und sich nützliche Freunde mit wohl duftenden Blüten heranzuziehen.« Es klang wie auswendig gelernt und unendlich traurig.

Coordt hatte damit gerechnet, dass es schwer werden würde, dort weiterzumachen, wo sie aufgehört hatten, vor Bobo. Allerdings war er davon ausgegangen, die Zeit würde für sie arbeiten und Franziska mit jedem vergangenen Tag besser mit Bobos Tod klarkommen. Doch so war es nicht. Franziskas dunkle, launenhaften Phasen, die sie in Untergiesing gelassen hatte, kehrten zurück. Nur richteten sie sich diesmal mehr gegen Coordt als gegen sie selbst. Oft war sie ihm gegenüber gereizt, als trage er die Schuld für all das, was sie störte. Mal war es der gelbe, klebrige Blütenstaub der Fichten, der in diesem Frühjahr besonders stark war und sich über alles legte, mal waren es die Linguine, die nicht rechtzeitig aus dem kochenden Wasser geholt worden waren, mal waren es Coordts Haarstoppeln, die er beim Nachrasieren der Glatze am Waschbeckenrand übersehen hatte. Irgendetwas fand Franziska immer, das nicht gut genug war, um zufrieden zu sein.

Sprach Coordt sie darauf an, entschuldigte sie sich sofort und sagte, es sei viel passiert, sie sei zurzeit nicht sie selbst, fühle sich nicht wohl in ihrer Haut, sie müsse sich erst wieder sammeln. Sie bat ihn um Geduld. Coordt sagte, er verstehe, was mit ihr los sei. Er verstand es tatsächlich. Er erkannte, wie sehr sie Bobos Verlust mitnahm, und konnte nur erahnen, welche Verbindung sich zwischen seiner Frau und dem Mann aufgetan hatte. Er wusste, es wäre der Moment, tiefer zu graben, sie zu fragen, ob es Freundschaft, Zuneigung, Vaterersatz, gar Liebe gewesen war, aber er tat es nicht. Was wäre, wenn sie ihn geliebt hätte? Würde er sie dann verlassen? Wenn sie ihn nicht geliebt hätte, würde er dann bleiben wollen? War das überhaupt die Frage, die er sich stellen sollte?

Er wusste es nicht.

»He, ich könnte ja da drin wohnen!«, sagte Erik. »Mit Bad und Einbauküche ist alles da, was man braucht. Und großzügig und schön noch dazu.« Coordts Freund stand im Türrahmen zu Bobos Bad, in dem die Klospülung nachrauschte. »Ich meine, ich zahle euch natürlich Miete. Und wenn du willst, kannst du auch Courtage verlangen. So zwei fünf?« Er grinste, während er sich die Hände an den Jeans trocknete.

Coordt lachte verhalten, obwohl ihm nicht danach war. Dann wagte er einen Schritt in Bobos Zimmer und blickte dorthin, wo die Fotografie der jungen Frau gehangen hatte. Ein dunkler Rand an der Wand zeugte noch von ihrer Existenz. Coordt musste an die Vermieterin denken. Er sah ihren langen Hals vor sich, wie er feine Falten geworfen hatte, als der Mann zum ersten Mal aus der Tür getreten war und seinen warnenden Spruch abgelassen hatte.

»Selbst wenn ich wollte, dass du hier einziehst«, sagte Coordt, »es würde nicht gehen. Bobo hat verfügt, dass sein Bereich nach seinem Tod für immer unbewohnt bleibt.«

Erik stemmte sich mit den Füßen in den Türrahmen, hing in der Luft.

»Und? Kann das noch jemand überprüfen?«

»Ich denke nicht, nein.«

Sprung aufs Parkett.

»Na, dann … Ich meine es ernst, Coordt! Für die kurze Zeit, die ich in München bin, das hätte doch was. Wir, wie früher, gemeinsam in einer Wohnung. Es ist nicht so, dass ich momentan nicht gut wohne. Die Fasanerie ist nur etwas ab vom Schuss.«

»Es geht nicht. Franziska würde es niemals zulassen.«

»Wo ist deine Frau eigentlich?«

Nachdem Erik gegangen war, stellte sich Coordt ans Fenster und sah hinaus. Ein Specht saß im Baum, hackte in die Rinde, ein Streifen Federn am Kopf, blutrot wie der untere Bauch. Coordt sah die Späne links und rechts seines Schnabels herabfliegen.

Oberhalb des Spechts hing die ausgebleichte gelbe Haut des Luftballons, der geplatzt war, als Coordt die Wohnung besichtigt hatte. Er erinnerte sich an das Lachgesicht, das plötzlich nicht mehr zu sehen gewesen war. Am Ende der

Schnur hatte ein kleiner, zusammengefalteter Zettel gebaumelt. Von ihm war nicht mehr viel übrig geblieben, nur ein bräunlicher Klumpen, der vor sich hin flatterte.

Coordt wunderte sich, dass nach dem Winter überhaupt noch etwas von ihm da war. Er stieg über ein paar Umzugskisten, holte den Besen aus der Kammer in der Küche. Wenn er schon hier wieder einzog und neu anfing, konnte er auch den Luftballon vom Baum nehmen. Vielleicht würde es ihm der Specht danken. Mit einem extra Trommelwirbel, nur für ihn.

Er öffnete das Fenster, streckte den Stiel des Besens hinaus. Mit der Spitze berührte er die Schnur. Er beugte sich weit nach vorne. Hart drückte die Kante des Fenstersimses gegen seine Lenden. Endlich erwischte er die schlaffe Haut des Ballons, angelte sie mit dem Besenstiel vom Ast, zog sie langsam zu sich ins Wohnzimmer.

Vorsichtig entknotete Coordt den Klumpen Papier von der Schnur und versuchte, ihn aufzufalten. Das Papier bröckelte. Dünne Fasern, wie Flocken, die Coordt von der Hand pustete.

Seit Coordts Rückkehr arbeitete Franziska viel. Mehr als sonst. Coordt bekam sie kaum noch zu Gesicht. Sie stand vor ihm auf und ging entweder vor ihm oder nach ihm ins Bett. Sie machte sich rar – so kam es ihm jedenfalls vor, obwohl er wusste, dass eine große internationale Messe in München anstand, auf der Majtken ihre und Franziskas Stücke ausstellen würde.

Franziska sagte, sie sei dankbar für die vielen Stunden, die sie in der Werkstatt verbringe. Dort komme sie zur Ruhe, die ihr nachts fehle, um einzuschlafen. Sie sagte, es sei nicht so, dass sie nicht müde sei, im Gegenteil, nur gebe es da diesen immer wiederkehrenden Traum, der sie ängstige, ohne dass sie sagen könne, warum, es sei mehr ein Gefühl, das sie derart erfasse, dass sie am nächsten Morgen noch glaube, sie sei gar nicht aufgewacht, sondern stecke nach wie vor in dem Traum fest. Er handele von einer Tasse, einer ganz normalen Tasse, nicht schön, nicht hässlich, vollkommen unauffällig, nicht einmal die Farbe des Gefäßes sei ihr präsent, vermutlich weiß oder grau oder braun und egal, aber diese Tasse sei der Quell des üblen Gefühls. Sie könne nicht hineinblicken in diese Tasse, immer nur auf ihre Glasur, die Risse bekomme, schwarze böse Risse, je mehr sie sich anstrenge, über den Tassenrand zu blicken. Sie könne nicht sagen, was sich in ihr befinde, doch der

Drang, es herauszufinden, sei so groß, dass sie alle möglichen Tricks anwende, fliegen, schweben, hüpfen, selbst kleine Lassoseile, so raffiniert wie die Schnalzzungen von Teichfröschen, seien schon im Einsatz gewesen, damit es ihr gelinge zu sehen, was sie nicht sehen könne. Sie habe es mit Humor versucht – eine Empfehlung von Majtken –, und sich gesagt, sie habe nicht mehr alle Tassen im Schrank, doch vergeblich. Die Tasse aus dem Traum mache sie fertig, es sei absurd, aber so sei es eben. Und am besten gelinge es ihr, nicht an sie zu denken, wenn sie bei Majtken in der Werkstatt sei und arbeite und nicht schlafe.

Coordt hatte sie daraufhin in den Arm genommen, ihr gesagt, dass er die Tasse gegen die Wand werfen werde, sollte er sie je sehen.

Seitdem rief Franziska Coordt oft gegen Mittag an und teilte ihm mit, sie schaffe es nicht, Frieder rechtzeitig von der Krippe abzuholen, er solle doch für sie einspringen, und falls das nicht ginge, weil er nicht wegkäme aus dem Büro, kein Problem, sie habe die Betreuungszeit aufstocken können, spätestens um achtzehn Uhr bringe sie ihn dann heim.

Coordt gefiel es nicht, dass sein Sohn den ganzen Tag von zu Hause weg war, länger als die meisten Schulkinder. Er sprach Franziska darauf an, auf dem Flur, als sie gerade dabei war, Frieder die Schuhe anzuziehen.

»Vielleicht bin ich ja altmodisch. Aber findest du nicht, Frieder ist in letzter Zeit zu lange in der Krippe?«

»Du kannst ihn gerne eher abholen.«

»Das würde ich, wenn's ginge. Aber du weißt, dass ich das nicht kann.«

»Warum?«

»Na, weil ich arbeite.«
»Ich etwa nicht?«
»Doch.«
»Also.«
»Aber du bist flexibler. Du kannst dir deine Zeit einteilen, Majtken hat es dir von Anfang an so angeboten, was eine Freiheit ist, die ich nicht habe. Ich habe Vorgesetzte, Kolleginnen, Anwesenheitspflicht, eine Vierzig-Stunden-Woche. Ich müsste reduzieren, wenn ich früher Schluss machen wollte.«

»Wenn es dir wichtig ist, Frieder früher abzuholen, warum reduzierst du nicht?«

Coordt sah sie irritiert an. »Weil ich meine Position aufs Spiel setzen würde, weil ich weniger Gehalt bekäme, weil wir es so nicht besprochen haben …«

»Das wäre bei mir nicht anders.«
»Was?«
»Weniger Gehalt.«
»Es ist nicht das Gleiche, das weißt du.«
»Stimmt. Gleich ist es nicht.«

Coordt mochte nicht, wie sich das Gespräch entwickelte. Es ging ihm um Frieder, der ihrer Diskussion folgte, als verstünde er jedes Wort.

»Mensch, Fanni, wir hatten uns doch darauf verständigt, wie wir es machen wollen mit Kind. Soll das jetzt alles nicht mehr gelten?«

»Wir haben nie darüber geredet, wie lange das so gehen soll. Und Frieder fühlt sich wohl in der Krippe. Ich habe nicht den Eindruck, ihm etwas anzutun, wenn er dort ein paar Stunden länger ist – vorübergehend, bis die Messe vorbei ist.«

Coordt beobachtete Frieder, der die Klettverschlüsse seiner Schuhe öffnete und wieder zumachte.

»Wie gesagt: Frieder freut sich bestimmt, wenn du ihn früher abholst.«

Franziska stand auf, nahm ihre Tasche vom Haken, öffnete die Tür und trat ins Treppenhaus. »Wir reden heute Abend weiter«, sagte sie und winkte zum Abschied mit Frieders kleiner Hand.

Am Abend, bevor Coordt seinen Sohn zu Bett brachte, bat er Franziska, im Wohnzimmer auf ihn zu warten und nicht, wie so oft in letzter Zeit, noch einmal in die Werkstatt zu gehen. Er hatte einen Wermut in dem Laden besorgt, den sie bevorzugte. Er hatte sich extra beraten lassen und eine Flasche von zwei jungen Machern aus Hamburg gekauft, Lorbeer und Rosmarin oder so ähnlich, Franziska würde sie gefallen, schon allein, weil sie so puristisch aussah.

Es gluckerte, als Coordt die aufwendige Handarbeit, wie er in dem Laden erfahren hatte, in die Gläser schüttete. Franziska drehte sich bei dem Geräusch um, legte das Kinn auf die Rückenlehne des Sofas.

»Was machst du da?«

»Ich schenke uns was von dem hier ein«, sagte Coordt und hob die Flasche an.

»Die sieht vielleicht hübsch aus!«

»Ich wusste, du würdest sie gut finden.«

»Aber du trinkst doch keinen Wermut.«

»Heute ausnahmsweise schon.«

Franziska strich sich ein paar Lockensträhnen aus der Stirn. Sofort fielen sie wieder nach vorne. »Das klingt ernst.«

»Ja«, bestätigte Coordt und brachte ihr ein Glas. Sie

sahen sich in die Augen, stießen an. Dumpf der Ton, der darauf folgte.

»Wir müssen reden!« Coordt trat ans Fenster.

»Tut mir leid, dass ich momentan so bin, wie ich bin«, sagte Franziska schnell und stellte sich hinter ihn. Ihre Wermutlippen wanderten über seinen Nacken.

»Wie bist du denn?«, fragte Coordt überrascht. Er hatte nicht damit gerechnet, sie würde den ersten Schritt auf ihn zu machen.

»Rastlos.«

»Und wo zieht es dich hin?«

Franziska hielt inne. »Wenn ich das nur wüsste, Coordt.« Seinen Namen zog sie in die Länge.

»Wie kann ich dir helfen, es herauszufinden?«, fragte er und drehte sich zu ihr um.

Sie zuckte mit den Achseln, wiederholte sich: »Wenn ich das nur wüsste.«

»Aber so, wie es momentan ist … Das ist nicht gut. Für keinen von uns. Zwar leben wir wieder zusammen, und doch sind wir genauso weit voneinander entfernt wie zuvor. Du entscheidest für dich allein.«

»Ich hätte mit dir reden sollen wegen Frieder und dem Aufstocken der Betreuungszeit. Das war nicht okay. Entschuldige bitte.«

»Es ist nicht nur das«, sagte er.

»Ich weiß.«

»Manchmal kommt es mir vor, als lebe Bobo noch. Als säße er in seinem Zimmer hinter der verschlossenen Tür und belauschte uns. Ich kann sein hämisches Lachen hören und seine Überheblichkeit, ich solle mich nicht beschweren, er habe von Anfang an mit offenen Karten gespielt und mich gewarnt, mir sogar das Höllenfeuer an die Wand gemalt, damit ich es sehe, und ich hätte mich ganz bewusst dafür entschieden.«

»Willst du damit sagen, die Last des Deals lag auf dir? Falls ja, sage ich, sie lag überwiegend auf mir.«

»Aber du wurdest nicht von Frieder getrennt.«

»Das nicht. Dafür war ich unter der Woche allein mit ihm. Dazu die Arbeit, Bobo und ein Ehemann, der mich nicht unterstützt hat in dieser Zeit. Und jetzt muss ich mit dem Tod eines Menschen klarkommen, der mir ans Herz gewachsen ist, nicht nur, weil er an mich geglaubt hat.«

»Ich glaube auch an dich.«

»Ja.«

»Aber?«

»Du suchst einen Schuldigen. Vielleicht ist genau das unser Problem.«

»Ja, vielleicht ist das so.«

»Sagst du und willst doch nichts daran ändern.«

»Ich bin nicht derjenige, der rastlos ist.«

»Vielleicht bin ich es wegen dir?«

»Jetzt suchst du aber einen Schuldigen.«

»Aber immerhin keinen, der tot ist.«

Franziska lachte, als Coordt ihr den Werkzeuggürtel zeigte, den er für Frieders zweiten Geburtstag gekauft hatte.
»Willst du einen Handwerker aus ihm machen?«
»Ich will ihm eine Freude bereiten.«

Die Kerzen brannten. Sie steckten in der makellosen Schokoladenglasur, die ein Konditor um die Ecke extra für Frieder über einen Kuchen in Form eines Sportwagens gezogen hatte. Die Kerzen spielten Musik. *Happy Birthday*, blechern, zeitversetzt, weil sie hintereinander angezündet worden waren.

Frieder saß auf Franziskas Schoß, eine Krone auf dem Kopf, und mühte sich damit ab, die Kerzen auszupusten. Noch fehlte ihm die richtige Technik, ausreichend Luft durch die Lippen zu blasen. Coordt half nach. Um seinen Sohn zu unterstützen. Aber mehr noch, damit die eiernde Musik endlich aufhörte.

Das erste Päckchen bekam Frieder von seiner Mutter. Es war nicht groß, aber aufwendig verschnürt mit vielen Schleifen. Auch dafür hatte ein Profi gesorgt.

Während Franziska zusammen mit Frieder die Schleife abzog und das Papier aufriss, schnitt Coordt den Kuchen an. Scharf glitt das lange Messer durch den Kotflügel, die Frontscheibe, das Dach und das windschnittige Heck des

Wagens. Die Schokolade brach an der Klinge, knackte leise. Ein Riss zog sich durch die Glasur. Er erinnerte Coordt an den kleinen See unweit des Ferienhauses in Dänemark, in den er eingebrochen war, als Kind, auf Schlittschuhen. Er hatte gespürt, wie das Eis weicher wurde, je näher er dem hölzernen Steg kam, zu dem er wollte. Kurz überlegte er, ob er einen anderen Weg ans Ufer nehmen sollte, den auf der gegenüberliegenden Seite, wo sich das Bootshaus befand – der eigentliche Zugang zum See. Doch dann entschied er, das Wagnis einzugehen. Es waren nur noch zwei, drei Meter bis zu dem Steg. Eine Frau stand an dessen Ende, den Kopf nach oben gereckt, zur Sonne hin, die schwach schien und kaum wärmte. Vorsichtig glitt Coordt vorwärts. Die Eisfläche war an dieser Stelle von einer dünnen weißen Kristallschicht bedeckt. Coordt war froh darüber, denn er fürchtete sich vor der Sichtbarkeit dessen, was unter ihr lag. Auch verstummten die peitschenden Laute, die die Eisfläche sonst von sich gab, sobald die Kufen sie beschnitten. Der See sang nicht mehr, er schwieg.

Coordt brach ein.

Er wurde mit einer Kraft nach unten gezogen, die ihn erstaunte. Die Schlittschuhe wie Betonklötze an den Füßen. Gleich darauf drückte ihn eine ebensolche Kraft wieder nach oben. Sogar sein Brustkorb schob sich aus dem Wasser, um im nächsten Augenblick mit einer Gewalt, die stärker war als zuvor, erneut hinabgezogen zu werden in das eiskalte Schwarz. Die Eisschollen um ihn rückten zusammen, als wollten sie das Loch, das er aufgerissen hatte, wieder schließen. Coordt sah sie auf sich zukommen. Ich werde ertrinken, dachte er, ganz ruhig. Es war, als betrachtete er das, was mit ihm geschah, von weit oben. Als sei er seinem Körper entrückt. Er wunderte sich über die Langsamkeit des Geschehens, dass er die Zeit hatte, den Moment seines Untergangs in Gedanken zu kommentieren. Nüchtern, ohne Angst und ohne Antrieb, um nach Hilfe zu rufen. Das hatte die Frau auf dem Steg getan. Coordt sah ihren Mund vor sich, wie er aufging. Er hörte das Wort, das sie schrie. *Hjælp!* Erst laut, dann dumpf, während er das Gefühl hatte, das Eiswasser würde ihn wärmen.

Jahre später las er in einem Zeitungsartikel über Kälteidiotie, dass Erfrierende, bei denen die Körpertemperatur unter zweiunddreißig Grad Celsius sinke, trotz großer Kälte Wärme empfinden könnten, gar zu schwitzen begännen und sich entkleideten.

Coordt legte das Messer zur Seite, wischte sich mit dem Handrücken über die Stirn, starrte auf das Handy aus Holz, das Frieder dem Geschenkpapier entnommen hatte und das auf Knopfdruck unter dem hellen Furnier bunt zu leuchten begann, fast so, als sei es aus Plastik. Daumengroße Tasten, eine Katze auf dem Display. Dazu ein permanentes Maunzen. Es kam aus vielen kleinen Löchern auf der Rückseite des Geräts. Es hörte erst auf, als Frieder eine rote Taste drückte, mit der er das Maunzen durch eine Musiksequenz ersetzte, die Coordt an den Disko-Hit *Bla Bla Bla* von Gigi d'Agostino erinnerte, den Erik eine Zeit lang rauf und runter gehört hatte. Der Sound klang ähnlich blechern wie die Kerzenmelodie zuvor.

Coordt griff nach dem Tortenheber, legte Frieder ein Stück vom Sportwagen auf den Teller. Das zweite Stück, das er anhob, drohte zu kippen. Franziska winkte ab. »Vielleicht später.« Coordt nickte. Auch ihm war der Appetit vergangen. Er stierte zum Ausschaltknopf des Spielzeughandys.

»Versuch's erst gar nicht«, hörte er Franziska sagen.

Coordt ignorierte die Bemerkung, griff hinter sich und übergab seinem Sohn nun sein Geschenk.

Frieder jauchzte auf vor Freude, als er den batteriebetriebenen Akkuschrauber in die Hand nahm. Elegant summte das Werkzeug vor sich hin, als er den Schalter betätigte. Auch die kleinen Arbeitshandschuhe gefielen ihm. Sie waren viel zu groß, was ihn jedoch nicht störte. Geduldig ließ er sie sich von Coordt überziehen, bevor er mit Gürtel, Akkuschrauber und Hammer bewaffnet durch die Wohnung lief, um alles zu »epaieren«.

»Was reparierst du denn?«, fragte Coordt.

»Das da!«, sagte Frieder und klopfte mit dem Hammer gegen die Heizung. »Kaputt.« Er ließ den Akkuschrauber aufheulen, bohrte mit dem Plastikaufsatz in die Heizungslamellen. Dann ging er weiter, sah zu Boden, bückte sich. Zwei Schläge mit dem Hammer aufs Parkett. »Auch kaputt.« Wieder summte der Akkuschrauber. Es folgten die Wand. »Kaputt.« Der Tisch. »Kaputt.« Franziskas Arm. »Kaputt.« Coordts Brust. »Kaputt.« Der Schrauber bohrte und summte, bis der Akku alle war.

Erik saß am Tresen, bestellte gerade beim Barkeeper, als Coordt eintrat. Erik hatte sofort zugesagt, mit ihm etwas trinken zu gehen, nachdem Coordt ihn angerufen hatte und meinte, er habe das dringende Bedürfnis, einfach nur rauszugehen und zu verdrängen, dass der Mann, den es nicht mehr gab, eine Bedrohung geblieben war, auch ohne dessen physische Präsenz.

Coordt trat an Erik heran, begrüßte ihn mit einem Schulterklopfen, zog einen der Hocker zu sich heran und setzte sich neben ihn.

»Alles paletti?«, fragte Erik und sah ihn listig an.

Coordt musste grinsen. Alles paletti, Onetti. So hatten sie Erik zu Schulzeiten aufgezogen. Niemand, außer die Lehrer, hatte ihn je Erik genannt. Nur Alles-paletti-Onetti. Das war sein Name gewesen, bis zum Abitur. Am Anfang hatte Erik sich noch dagegen gewehrt, später nicht mehr. Irgendwann fand er den Namen sogar gut. Das war zu der Zeit, als alle Mafiafilme guckten und ihm seine italienische Herkunft väterlicherseits etwas Geheimnisvolles verlieh. Der Name blieb trotzdem nicht. Er verschwand mit dem Schulabschluss, wurde wieder durch »Erik« ersetzt, nach und nach. Es geschah von allein, ohne Absprache.

Erik trank. Das Thekenlicht spiegelte sich im Glas. Sieben gedimmte Glühbirnen, in Reihe geschaltet. Warme, farblich mit der Flüssigkeit verschmelzende leuchtende Punkte.

Auch Coordt nahm einen Schluck vom Bier, das ihm der Barkeeper hingestellt hatte, einfach so, ohne zu fragen, was er trinken wolle. Coordt fuhr mit dem Daumen über die Prägung auf dem Glas. *Nach dem Reinheitsgebot gebraut*, stand unter dem Emblem der Brauerei. Schwarze, geschwungene Buchstaben, leicht erhaben.

»Ich habe mich immer gefragt«, begann Coordt, »was aus uns geworden wäre, wenn ich dir das Geld gegeben hätte, damals. Ich bin auf nichts gekommen.«

Der Barkeeper hinter der Theke zog einen der Zapfhähne zu sich heran, füllte ein frisches Glas. Coordt beobachtete, wie sich der weiße Schaum beruhigte, nachgoldete. Schmeckte das Bier vor Hunderten Jahren genauso wie jetzt?, überlegte er, als Erik nicht antwortete, und trank erneut einen Schluck. Er schloss die Augen, sah einen langen hölzernen Tisch vor sich, darauf überschwappende Steinkrüge, Gegröle, das sich im Gewölbe über dem Tisch verfing, ein Raum voller Menschen, von Sinnen, so wie auf der digitalen Einladungskarte der Geschäftsführung von vor ein paar Jahren, als für den Betriebsausflug ein Ausstellungsbesuch im Passauer Land geplant worden war – *Bier in Bayern*. Coordt war nicht mitgefahren. Einer dieser Rennradler, die glaubten, den Isarradweg selbst zu der stark frequentierten Feierabendzeit als Trainingsstrecke nutzen zu müssen, hatte ihn angefahren, eine gebrochene Rippe, Jacke über der Brust zerfetzt.

Coordt öffnete die Augen wieder, sah Erik an. Schnauzer aus Schaum. Mit der Zunge fuhr Erik über die Oberlippe, schleckte ihn ab.

Die Menschen von Sinnen grölten. Sie lachten sich schlapp, hauten mit den Fäusten auf die Tischplatte. Die Krüge erzitterten, Bier schwappte über. Laut das Echo im Gewölbe.

»Ich denke, du hättest in meiner Wohnung gelebt und wir hätten uns dafür verloren und keine Chance gehabt, noch einmal anzuknüpfen«, sagte Erik endlich.

Coordt legte den Daumen auf einen Tropfen des Kondensats, der langsam am Glas hinabrann, stoppte ihn in seiner Bewegung. Da klingelte sein Smartphone. Franziskas Gesicht erschien auf dem Display. Neben ihr Frieder, den Kopf an die Wange seiner Mutter gelehnt. Das gleiche Foto, das bei ihnen auf der Ablage im Flur stand, eingerahmt. Coordt ließ es klingeln.

»Alles paletti?«, fragte Erik, doch diesmal klang es ernst. Coordt schüttelte den Kopf. »Nein.«

»Magst du reden?«

»Ich dachte, es würde leichter sein«, sagte Coordt und steckte das Smartphone weg, bis der Ton nur noch schwach zu hören war.

»Was denn?«, fragte Erik.

»Neu zu beginnen.«

»Was meinst du damit?«

»Ich glaube, ich habe Angst, es laut auszusprechen, weil es sonst wahr wird oder weil ich sonst erkenne, dass es wahr ist oder weil ich sonst nicht mehr zurückkann.«

»Wohin zurück?«

»Zu meiner Frau. Meiner Familie.«

Erik beugte sich vor, schien einen Moment zu überlegen, bevor er antwortete: »Habt ihr denn jetzt nicht alles, was du wolltest?«

Coordt senkte den Kopf. »Ja, alles und noch mehr.«
»Und?«

»Ich glaube, sie liebt mich so, wie ich nicht will, dass sie mich liebt. Vielleicht mag sie mich auch nur noch.«

»Und du?«

»Ich glaube, das trifft auch auf mich zu.«

Erik legte die Hand auf Coordts Unterarm, beschwerte sie kurz, dann nahm er sie wieder weg.

»Wir funktionieren zusammen für Frieder. Aber selbst das gelingt uns nicht gut.«

Erik nickte. »Im Peruanischen gibt es ein Sprichwort: Mit jedem Male, da du einem anderen verzeihst, schwächst du ihn und stärkst dich selber.«

»Danke, Onetti«, sagte Coordt. »Das bringt mich jetzt echt weiter.« Er hob sein Glas an.

»Ich kenne noch eine Weisheit vom Volk der Quechua. Vielleicht kannst du mehr damit anfangen. Sie lautet: Wenn wir größer sind als unsere Schritte, verlieren wir unsere Harmonie.«

Coordt trank das Glas aus, bestellte sogleich ein neues Bier. »Manchmal, wenn ich auf dem Sofa sitze und nachdenke, tauche ich ab in eine Idee, die mich eher glücklich macht als traurig, obwohl es umgekehrt sein sollte. Ich sehe mich ausziehen aus der Wohnung, mit nur einer Kiste, die ich vor mir hertrage wie einen Pokal, den ich gewonnen habe. Und dann stehe ich plötzlich auf der Straße, es regnet leicht. Es ist ein weicher, warmer Regen. Ich halte den Pokal in die Luft, fange so viel von den Tropfen auf, bis ich genug habe. Im Seitenfenster von meinem Auto spiegeln sich Franziska und Frieder, obwohl sie im dritten Stock stehen, hinter der Scheibe, und auf mich herabblicken. Sie rufen nicht nach mir, sie stehen nur da und gucken, wie ich mich mit dem Pokal in der Hand ans Steuer setze und davonfahre. Ich lenke den Wagen am Siegestor vorbei, niemand ist auf der Straße, der Weg ist nur für mich da. Ich lasse das Haus der Kunst hinter mir, das Deutsche Museum, fahre immer geradeaus bis zur Wittelsbacher Brücke, voll mit Tauben. Sie fliegen auf, während ich die Brücke überquere, folgen mir am Schyrenbad vorbei bis zur Eisenbahnbrücke, auf der sie landen und mich allein weiterfahren lassen. Ich parke vor meiner alten Wohnung mit Blick auf das Heizkraftwerk. Es fühlt sich an wie Heimkommen nach einer viel zu langen Zeit.«

Der Barkeeper stellte das Bier vor Coordt ab. Erik schob es zu sich herüber, orderte noch ein weiteres für Coordt, das sofort kam.

»Weiß Franziska davon?«

»Nein.«

»Willst du ihr davon erzählen?«

»Sie würde es nicht verstehen.«

»Willst du es nicht versuchen?«

»Sie ist so mit sich und ihrer Trauer beschäftigt, ich habe da keinen Platz.«

»Hat sie denn einen bei dir?«

»Es ist was kaputtgegangen. Ich weiß nicht, wann. Ich weiß nicht, wo.«

»Kannst du es kitten?«

Schluck, Schaum, Zunge.

»Willst du es kitten?«

Plötzlich drückte Erik seinen Freund fest an sich. Erst wollte Coordt sich wehren, die Nähe wegschieben. Doch dann ließ er sie zu.

Coordt war betrunkener als Erik, obwohl Erik öfter nachbestellt hatte. Sie gingen zu Fuß, quer durch die Stadt. Die Luft war lau, es roch nach warmem Asphalt. Am Himmel glühten die Sterne. Großer Wagen. Kleiner Wagen. Milchstraße. Polarstern. Für mehr hatte sich Coordt nie interessiert.

Erik hingegen lief ein paar Schritte hinter ihm, benannte die Sternenbilder auf Latein.

»Delphinus, Lacerta, Vulpeculae, Hercules.«

»Angeber! Das gibt der Himmel doch hier gar nicht her.«

»Sagitta, Gemini, du hast ja keine Ahnung.«

Einmal griff Erik ihn von hinten an, plötzlich, aus dem Hinterhalt. Er nahm Coordt in den Schwitzkasten, bürstete ihm mit geballter Faust durchs Haar. Er machte es launig, überdreht und doch mit Kraft. Coordt ließ ihn gewähren, obwohl es ihn störte.

Sie gingen durch den Park, durchquerten den Spielplatz. Silbrig glänzte das Metall der Rutsche, ein Tier huschte vorbei, klein und flink.

»Weißt du noch?«

»Was?«

»Wie ich auf dich draufgerutscht bin und dein kleiner Finger komisch abstand danach?«

»Nein.«

»Echt nicht?«

»Nein.« Coordt hob die Arme. Ihm war übel. Er war es nicht mehr gewohnt, zu viel zu trinken. Er spürte schon jetzt den Kopfschmerz, mit dem er aufwachen würde.

Vor der Wohnung blieben sie stehen. Gemeinsam schauten sie die Fassade hinauf. In keinem der Fenster brannte

Licht. Die Vögel zwitscherten schon, erwachten in der Dunkelheit.

»Was wirst du jetzt tun?«, fragte Erik.

»Schlafen«, sagte Coordt und verschwand im Treppenhaus.

An dem Tag, an dem Coordt auszog, schien die Sonne. Einundvierzig Grad sollten es werden.

Coordt nahm noch weniger mit als bei seinem letzten Auszug. Nur etwas Kleidung, Bücher und Bildbände, dazu zwei Stühle, einen kleinen Tisch, ein paar Töpfe und Pfannen, etwas vom Geschirr. Den Rest überließ er seiner Frau. Es war so gut wie der gesamte Hausstand. Er wollte nichts davon haben. Es war ihm nicht wichtig. Es hatte keine Bedeutung.

Lange hatte Coordt mit sich gerungen. Wegen Frieder. Dass sie sich trennen, war nicht das, was er sich für seinen Sohn vorgestellt hatte. Auch nicht für sich selbst. Es war nicht richtig. Und doch fühlte es sich richtig an.

Er würde heute noch an den Starnberger See fahren und eine freie Bucht an seiner bevorzugten Stelle suchen. Er würde das Stand-up-Paddle-Board, das er sich vor über einem Jahr gekauft, aber nie aufgepumpt hatte, endlich ausprobieren, damit er sicher darauf stehen könnte, wenn er Frieder das nächste Mal mitnähme, um ihm die Weite des Sees zu zeigen und wie hoch die Wellen werden, wenn erst einmal einer der großen Ausflugsdampfer an ihnen vorbeigezogen war.

DANK

Für Erstlektüre, Anmerkungen, Betreuung des Wildwuchses während des Lockdowns, moralische Unterstützung, Geduld und Zuversicht danke ich meiner Familie sowie meiner Agentin Petra Eggers, meiner Lektorin Angelika Klammer und meinem Verlag, allen voran Susanne Krones.

*Der Vers auf S. 82 stammt aus
»Versed« von Rae Armantrout,
Wesleyan University Press 2010, S. 103.*

Penguin Random House Verlagsgruppe FSC® N001967

Copyright © 2022 Penguin Verlag, München,
in der Penguin Random House Verlagsgruppe GmbH,
Neumarkter Straße 28, 81673 München
Covergestaltung: Sabine Kwauka
Covermotiv: Stephan Balkenhol, Mann im Kronleuchter,
2019 Wawa wood, painted, 90 x 60 x 2 cm; VG Bildkunst 2021
Satz: Greiner & Reichel, Köln
Druck und Bindung: GGP Media GmbH, Pößneck
Printed in Germany
ISBN 978-3-328-60188-3
www.penguin-verlag.de